瀕臨絕種團
RESCUTE
上
作者
啞嗚
繪者
飯米糕
U0028907
RE

瀕臨
RESCUTE
絕種團

瀕臨絕種團 上
RESCUTE

本故事發生於與現實世界極度相似的架空世界，劇情純屬虛構，如有雷同實屬巧合。

序章

「不好意思，我必須奪走妳們五年的人生。」

三名女童依偎在一起，瑟瑟發抖，雙眼驚恐徬徨，直視前方的高大身影，聽著完全無法理解的一段宣言。

衣不蔽體的她們並不認識彼此，會將瘦弱的身子擠在一塊，單純是因為面對共同的敵人別無選擇。

嘴裡吐出的是無意義的尖叫與嘶吼，擁有健全的聲帶卻不會使用。雖然智力完全正常，但腦袋裡一片混沌，唯有源源不絕的恐懼感一波又一波地襲來，直到淹沒了口鼻，小嘴張張合合，快要沒辦法呼吸。

她們不懂什麼是求救，依靠著天生的直覺，身體只做出兩種自然的反應，一種是恫嚇，一種是逃跑——

「妳們不要凶，不用害怕，也不必逃……」

實際上，這裡是位於半山腰的一間廢棄工廠，附近罕無人煙，不論叫得多大聲，也不會有其他人聽到，如果盲目地逃了出去，不出三天必定將死在荒郊野外。

「我知道妳們一定不知道這到底是怎麼回事吧……相信我，這麼多年了，我們也搞不清楚是怎麼回事。」

聽不懂，尋常的中文聽起來是一串無意義的音效。她們依舊不斷退後，直到背部已經貼平冰冷的牆壁，退無可退。

「妳們應該是餓了，先吃點東西吧。」

按理來說，八到十二歲已經是讀國小的年紀，可是眼前的女童們完全沒有受過教育的跡象。無法理解語言，無法使用語言。發現地上有三塊發出香味的麵包，飢餓感驅使著野性，她們用動物進食的動作趴在地上啃咬。

「石虎、歐亞水獺、臺灣黑熊……妳們已經死了，關於死亡，無論如何妳們一定都印象深刻，不可能忘記的。」

女童們一面吃著麵包、一面緊盯住眼前的高大身影。害怕，想要逃跑，可是又耐不過飢餓。殘酷的內心矛盾作祟，眼淚溢滿了眼眶。

「簡單來說，妳們身為野獸的過去已經不存在，現在要重新用人的身分活下去……嗯？還是聽不懂嗎？ＯＫ，簡單來說，就是妳們的動物肉體已經死去，但是靈魂卻進入一副人類軀體當中。」

不要說是這麼長的句子，其中連最簡短的ＯＫ，她們也聽不懂。

「很諷刺，居然變成我們最恐懼的人類……很不可思議吧，變成能夠掌控一切物種生殺大權的人類。」

女童們不自覺地打了冷顫。即便壓根聽不懂「人類」是什麼意思，卻自然而然有了戰慄的感覺，彷彿這兩個字就是天地之間最恐怖的存在，是寫在基因當中的天敵。

「為什麼會發生這種事？我也不知道。傳聞中，這堪比宇宙奇觀的逆生死神蹟，是由一位穿著白衫的神明所為，我們都叫祂『白衣神』。信祂的很多，不信的也不少。」高大身影沉默片刻，繼續說：「我能夠找到你們，也是祂的神蹟……至少，我是這樣堅信著。」

關於白衣神的傳聞實在是太多了，一時片刻，也不知道該從哪裡講起。見到女

童們對此並沒有疑問，這個話題很快就被跳過，繼續沒有意義的溫柔勸說。

被稱之為石虎、歐亞水獺、臺灣黑熊的女孩們，沒有受過教育，可是直覺方面卻沒有問題，甚至可以說是相當機靈。互看彼此一眼，就已經默契十足地約好要分散逃亡。

逃，依本能去逃。

說到這，年紀最輕的女孩已經吃完麵包了，滿臉都是奶油。稚嫩的五官沒半分感激，一對眼睛賊溜溜的，縱使有恐懼的淚水，惹人憐愛地蓄在眼眶，也不妨礙她尋找空檔逃命。

「我知道妳們對於這間人造建築、對於我這個人，都恨不得逃得越遠越好。但是，假設我讓妳們出去，獨自面對遠比森林更殘酷百倍的人類社會，妳們不是被拐賣掉，就是被變態圈養，運氣好一點，也是再死一次。」

石虎、歐亞水獺、臺灣黑熊不約而同地停下動作……

天生的動物直覺告訴她們，自己的人生即將遭遇劇變，連吃剩的麵包都不管了，漸漸地鎖緊烏黑的雙眉。

「妳們已經死了，而且，以人的軀體重生是要付出代價的。」

她們維持著有聽沒有懂的表情，卻不知不覺渾身發抖。

「妳們的族群，石虎、歐亞水獺、臺灣黑熊……保育等級都已經被明文列為『瀕臨絕種』，同胞剩不到五百隻。」高大身影說出殘忍的真相，「很可怕吧？更可怕的是，當妳們的種族正式被列為『滅絕』的瞬間，妳們同時也會身亡。」

「「……」」她們面面相覷。

「不要不信，我親眼見證過。」

「「……」」她們互視的瞳孔在輕顫。

「我們將這稱為『死亡連結』，是必須與自己的物種共生共死的殘酷規則。」

高大身影在說出死亡連結這四個字的當下，表情就跟女童們一樣，恐慌……那是揮之不去的恐慌，不會隨著時間減少。年紀、種族、體格，在這般不講理的規則前，全是無關緊要的事情，鼻腔中竟然能嗅到死亡的味道，像是離自己很近、很近。

過去的哀痛，不能再重演，於是，旁邊有個大型的牢籠。

「五年，我要囚禁妳們五年，就在這，介於自然與社會的交界地帶。」

這樣的宣示，是那樣的令人心痛，又無從選擇。

「之後，無論發生什麼事，都放妳們走。到時候妳們想回山林當野獸，還是到社

會跟人類一起生活，隨便，都與我無關。」

一聽到囚禁這兩個字，女童們立即心有所感，彼此連招呼都不用，立刻四散逃命。

不過她們並不熟悉人體這種笨重、孱弱的身軀，尤其是年紀最長的歐亞水獺，跑沒幾步就狼狽摔倒，第一個被抓住，拎進巨大的鐵籠內。石虎知道自己是逃不掉的，回過頭凶狠地哈氣，張牙舞爪地警告敵人不准靠近，然而嬌小的個子一點震懾力都沒有，很快就被逼近鐵籠無處可逃。

臺灣黑熊比較好一點，至少有成功逃出廢棄工廠……三公尺左右。

被關進鐵牢的女童們，沒有放棄希望，用盡吃奶的力氣撞擊、搖晃、啃咬著鐵欄，即使牙齦出血、遍體鱗傷，仍盲目地想要脫離桎梏，彷彿追求自由是寫進基因的本性。

很不幸，這是必經的過程，無法避免。高大身影聽著女童們的哀鳴與故作堅強的怒吼，鼻子變得有些酸澀，這麼多年了，始終改不掉這種心軟的習慣。

不忍再看，背對著鐵籠，拖著略帶沉重的腳步往外走。

「在獲得真正的自由之前，即便是天空，也不過是比較大的牢。」

突然，高大身影停下腳步，沒有回頭。

此時所謂高大的身影，也變得格外的脆弱與渺小……

「對了，我的名字叫做櫻花，很久以前，是一條魚。」

五年後。

一樣，半山腰的廢棄工廠。

櫻姊推推眼鏡，開始點名。

這五年的光陰，似乎沒有在她身上留下任何痕跡。一眼看過去，簡單的白色T恤與牛仔長褲，綁著一件圍裙，溫柔又親和力十足，像是尋常的幼教老師，五官是和藹的，卻又隱隱藏著一點嚴肅。

「歐貝爾。」

「在、在在～」就算已經十三歲，個子依舊嬌小的臺灣黑熊高高舉手。

極有朝氣的模樣，完全不是五年前的樣子。黑白兩色各半髮絲，綁成兩團對稱的包包頭，一雙水靈的大眼睛藏著無窮的精力，彷彿橫跨整道中央山脈都不會累。

「露恰露恰。」

「我在。」歐亞水獺優雅地點點頭。

微微地笑了笑，一如往常注視著比自己矮顆頭的歐貝爾，彎起的嘴角中有淡淡的幸福滋味。她留著一頭灰黑色的鮑伯頭，右眼角長著狡黠的淚痣，難以被人猜透的神祕感隱隱約約。

「石虎。」

「在啦，這裡就只有我們三個而已，還需要特別點名嗎？」

石虎不太耐煩，尤其是瞧見露恰的視線，甩過頭去，身後黑與棕色相纏的長髮揚起。臉臭歸臭，眼角餘光仍不受制地看向歐貝爾，導致脖子扭轉成一個很古怪的角度。

「需要，因為人類社會最重要的就是排序與階級，這點一定要深刻地習慣，最好是融入妳們的血液之中。」

「嘖。」

就算深知櫻姊說得沒錯，但石虎總是要出點聲來維持貓科動物的尊嚴。

「石虎，已經五年了，今天是最後一堂課，難道妳就不想要有一個名字嗎？」

「我對充滿人類臭味的名稱沒興趣。」

「總是要有呀。」櫻姊勸。

歐貝爾再度舉手，喜孜孜地提出建議道：「姓石，名虎。」

「這也太雄性了吧！」石虎不喜歡。

「食虎。」露恰的指尖在空中書寫。

「這是什麼異形怪獸嗎！」

「真刁鑽的人……」歐貝爾玩著石虎的長髮。

「石虎，英文名，Leopard Cat，諧音就是老婆貓喔！」歐貝爾興高采烈。

「我不是貓啊！」石虎無法接受。

「那就是老婆。」

「我不是老婆！」石虎更無法接受。

「唉。真是麻煩的動物……」

「哼。」石虎再甩一次頭，哼聲道：「我就是不喜歡人類的名字。」

「好吧，不勉強妳了。」櫻姊早清楚石虎的怪異脾氣，沒再繼續糾結於此，在餐

桌擺上三個背包，「這五年的時間，我盡全力就只能教妳們這麼多了。其他的，只能說讀萬卷書，不如行……」

「萬里路！」歐貝爾朝氣十足地回答問題。

「正確答案。」

「嘻嘻。」

「這三個背包是我送給妳們的畢業禮物，裡頭是齊全的證件與證書——妳們從小一起長大，在人類社會的背景身分是育幼院出來的院生，雙親已死，是孤兒，而我是妳們的合法監護人。」

「喔喔喔喔！」歐貝爾率先打開背包，發現裡頭有更多櫻姊沒提到的禮物，錢、手機、換洗衣物、食物。

櫻姊準備了這一切，跟即將送女兒遠行的母親沒有不同。

「另外，妳們目前還是讀書的年紀，但我不打算限制妳們，只在學校附近替妳們租了一間房子。房租先預繳半年了，之後就是妳們自己負擔，想辦法自力更生吧。」

她將鑰匙扔給年紀最大的露恰。

露恰優雅地笑了笑，萬分的感激在眼波中流淌，輕輕地說：「這些年，謝謝妳，櫻姊。」

歐貝爾年紀雖小，也強烈感受到分離的氣味，淚眼汪汪地撲向櫻姊，含糊地說了好多次謝謝。

石虎依然杵在原位，一張臉毫無表情，可是十根手指頭快纏成麻花辮，不尋常的肢體動作洩漏真實的情緒。

「別忘記妳們與族群之間的那條死亡連結，目前雖然無立即滅絕的危機，但朝向滅絕的趨勢依舊不變。妳們就像駕駛著一列遲早墜崖的火車，要想盡辦法讓車上同胞活下來，改變滅絕的命運。」

「我們知道……」

「沒事不要打電話給我，妳們三個……好自為之。」

櫻姊沒有再說什麼，也沒有再喋喋不休地交代什麼。一如往常，該怎麼來就怎麼去。她離開的背影與五年前沒有半點不同，而改變的是三位亭亭玉立的少女，以及許久沒上過鎖的鐵籠。

五年之期到了，五年之前的承諾當然會兌現，櫻姊收到白衣神的指示，全心全意地盡完自己的責任。

這不是生離死別，是老師歡送學生畢業，本該歡天喜地的。

她默默地背對著歐貝爾、露恰、石虎，走向這五年來行經上千次的小徑，心裡毫無開心之情，反倒有幾分恐懼，深怕這並非是最後一批學生。

她離開了，石虎、露恰露恰、歐貝爾的旅程卻正要開始。

「五年前，我是這麼恨她把我們關在籠裡。五年後，自由了，卻不曉得該怎麼做。」露恰稍稍側過頭，苦笑。

「我們先找工作吧，要不然她給的錢用完，沒有東西可以吃，不用死亡連結我們就先死了。」石虎雙手抱胸。

「什麼樣的工作？短短五年的時間，我們光是學習成為一個人，就已經耗費了所有的精力……沒有機會學到什麼賺錢技能。」

櫻姊對她們的教育是全方面的，最重要的項目是融入人類社會。近一年來更是帶著她們頻頻下山實習，確保基本生活無憂，不會被當成精神病患，送進精神病院，關進另一種型態的牢籠。

石虎想的比較切實際，第一個提案道：「去便利超商打工，前幾次的校外教學，我有去買過東西，這個工作對我們來說一定沒問題的。」

露恰當然也有自己想做或是嚮往的工作，悄悄望向遠處櫻姊消失的小徑，回想起櫻姊的交代，懂得腳踏實地，一步一腳印的重要性，便認同道：「行，先安頓再說。」

「不行！」歐貝爾鼓起雙頰，表示嚴正的反對。

「為什麼？」石虎皺眉。

「我有想做的事！」

「什麼事？」

「成為偶像吧！」

歐貝爾偏偏說出最不切實際、最不腳踏實地的提議。

「我們三個一起。」

十五

「神經病……」

「這個……太難了。」

石虎與露恰同時望向矮不隆咚的歐貝爾。

「不不不，一點都不難。」歐貝爾說話雖有幾分稚氣，卻是經過深思熟慮，「我們的目標是先成為地下偶像。」

「不是『我們』，請改成『我』。」石虎強調。

歐貝爾當作沒聽見，繼續說：「之後慢慢累積粉絲跟表演經歷，就會被經紀公司挖掘，將我們培養成地上偶像團體，正式發行唱片出道，進入公眾的視野。」

「等等，這也跳太快了吧，歐貝爾，我們還是先冷靜……」露恰柔聲哄著。

「最後我們大受歡迎，人氣值爆炸性提升，受邀到國外開巡迴演唱會，在國際享有極高的知名度，成為貨真價實的『天上偶像團體』。」

「……我在想，妳應該是送往精神病院還是寵物醫院。」石虎摳摳下巴。

露恰也擔心她會不會是因為脫離了櫻姊，精神層面受到過度的打擊，「歐貝爾，我們先躺著休息，好嗎？」

很顯然臺灣黑熊並不在意另兩位的質疑，依然維持同樣自信的語調……

「最後。」歐貝爾緩緩地抬起手，食指指向廢棄工廠的大門，穿過層層的茂林，瞄準無邊無際的天空，微微笑著說：「用我們得到的巨大力量，去幫助、去宣揚野生動物保育，讓我們的同胞能夠永續生存吧。」

弱小的身子，勾勒出堪稱偉大的目標。

「……」石虎與露恰，不約而同用異樣的眼神凝視著歐貝爾，久久說不出話來。

時間沉澱了情緒。

也建構出過去不敢想像的畫面……

石虎困惑地問：「如果是極重症的精神疾病，可以叫救護車嗎？」

「應該可以的……」露恰很擔憂。

「不對吧，妳們應該要覺得很感動才對啊！」歐貝爾急跳腳，「動漫裡都是這樣演的！」

可惜，無人理會。

石虎已經和露恰討論起未來的分工事宜。前途漫漫，櫻姊說過要謀定而後動，於是她們交換彼此意見，無視旁邊蹦蹦跳跳的臺灣黑熊。

不過臺灣黑熊真是堅忍不拔，硬是突破了眼前的無視結界，強行抱住石虎的腰要賴，插嘴她們之間的小型會議。

「同胞數量一天一天地減少，我們辛辛苦苦地熬過五年，就是為了當超商店員嗎？」歐貝爾大義凜然。

「如果真的走投無路，我有想到一個辦法：直接去抓一對公、母石虎，將牠們保護起來繁衍後代，這樣就能破解死亡連結。」石虎提出最終的大絕招。

「不可以！」歐貝爾高聲反對。

「的確不可能這樣做，妳的同胞只剩四百隻，要見到一面都難，何況是捕獲一公一母。另外，養育石虎需要特殊環境，私養還會觸犯人類法律，妳的辦法……不對。」露恰搖搖頭。

「我養自己的同胞也觸犯法律？」

歐貝爾也忍不住吐槽道：「如果是妳，難道會想被關在籠子裡一輩子嗎？」

「這……」石虎無法反駁，她深刻地明白失去自由跟死其實沒多大的差別。

「假設，有奇蹟產生，我們什麼都不做，同胞就有機會逆轉滅絕的趨勢……」歐貝爾頓了頓，明亮的雙眼閃過一瞬的失落，接著挺起平坦的胸膛，驕傲地說：「但是，做人如果沒夢想，那跟鹹魚有什麼分別？」

「夢想……妳是指存在於夢中的東西吧。」石虎淡淡地說。

「不過。」露恰的雙眸閃過一瞬的陰暗，苦笑道：「奇蹟，總不可能一直發生……」

「可是明明有一條生路，是由奇蹟與夢想鋪成的。」歐貝爾瞇起雙眼。

「生路？」露恰追問。

「成為偶像，而且是偶像團體。」歐貝爾的小手一拍。

「……」石虎與露恰再次陷入沉默。

「我們真的辦得到，一定可以。」

「要成為偶像談何容易……最基本也要會唱歌、跳舞，更別說獨特的氣質與魅力。」

「妳們以為我從一年前就一直吵著櫻姊讓我們下山拜師是為了什麼？」

「那不是一般人類學生都會上的音樂課嗎？」石虎忍不住問。

「才不是那麼簡單呢，還有我們這五年在深山內的訓練……」

「這不是一般的體育課？」

「不是，遠遠不止。」歐貝爾極有自信。

石虎與露恰的確摸不清這頭臺灣黑熊究竟多久前就在規劃，可是她們電視沒少看、網路沒少用，當然知道所謂的偶像團體是怎樣的存在，想想在舞臺上光鮮亮麗的少女，再想想偏僻山區中長大的自己……

是的，根本無法想像。

「歐貝爾總是能提出超乎想像的意見呢。」露恰微笑，背上背包，心裡知道不可能，卻不忍反駁歐貝爾的夢想。

「神經病。」石虎一樣想說什麼就說什麼，拎著背包就往廢棄工廠外走，「趕緊，如果沒趕上這班公車就得等明天了。」

「人因夢想而偉大，只要我們願意努力，沒有什麼是不可能的。」歐貝爾振臂疾呼，「每個女子偶像在成名前都只是懷抱夢想的傻女孩啊！」

「再不跟上，我們就明天見了哦。」石虎沒放慢腳步，心知這種不經意的恐嚇，向來有效。

「喂！妳們兩個，等等我啦！」歐貝爾跟在她們身後跑了出去，離開前回首看了居住五年的廢棄工廠一眼。

不管對外頭的人類社會有多少憧憬，無論曾經做了多少關於未來的夢，對於這間暗暗破破的廢棄工廠，依然是滿滿的感激。要不是這、要不是櫻姊，自己早就餓死在街頭了，哪有邁出步伐，暢談夢想的機會。

像離家的孩子，尚未離去，已在想念。

心裡酸酸的。

幾個月之後。

她們總算是安頓下來。

櫻姊租的是一間三、四十年屋齡的小公寓，舊歸舊，可是屋況還算不錯。麻雀雖小五臟俱全，附近的交通方便，距離市中心不遠，辦任何事都很容易。

石虎真找了一份超商店員的工作，雖然嘴不甜，態度又不親切，可是從未遭到客人投訴。

原本店長還以為她年紀輕，長得又漂亮，八成是個嬌嬌女，要不難以使喚、要不幹不了多久，卻沒想她吃苦耐勞，肯加班、能搬重，一個能抵兩個用。唯一不尋常的，就是她很缺錢的樣子，三餐都吃店內的過期食品，衣服換來換去就是那三套。曾經試探地詢問需不需要幫助，可是她永遠笑著說沒事。

露恰找到一個熱愛的工作，在兒童樂園擔任吉祥物。縱使要在大太陽底下穿著又熱又重的布偶裝，但一想到可以見到這麼多的可愛小孩子，紛紛朝自己撲過來，一切的辛勞與痛苦瞬間成了粉紅色的泡泡，慢慢的上升，破裂，消散。

這不是一個穩定的工作，甚至不算是個好工作，只有兒童樂園在忙不過來的時候，才會找她來支援。想當然，這樣子的時段，正是累到虛脫的熱門時段。

石虎曾經建議過她，為什麼不找一個正職？露恰並沒有特別解釋，沒有坦承自己有部分的時間都拿去陪歐貝爾練習了……

歐貝爾有個在街角發傳單的工作，但是她大部分的時間都在練舞、練唱。就算是站在大馬路旁，手上提著一籃廣告面紙，雙腳依然跟著耳機傳來的音樂，符合節拍律動著。

對她而言，夢想不是說說而已。

露恰其實有點羨慕歐貝爾擁有這麼大膽的夢，即便知道自己的能力不足，不過能待在一起揮灑汗水、唱歌跳舞，已經是值得開心的事。能不能成為偶像，真的不值得在意。

美中不足的地方，是石虎一直沒有點頭加入……

「今天一定要讓石虎同意！」歐貝爾雙手握拳。

「有這麼容易嗎？」露恰歪著頭。

「放心，自從石虎被人類社會汙染，滿腦子想著賺錢，我就有把握她會上鉤。」

「石虎……實在不像會貪財的人。」

「妳沒見到石虎身上的斑紋都像是一塊一塊的銅板嗎？」

「不可以這樣說石虎啦。」

「嘿嘿。」

歐貝爾賊賊地笑了幾聲，忽然張開雙手揮舞，迎向從人行道另一端走來的石虎。

這條路與石虎工作的超商離得不遠。午餐時間，石虎特地請半天假，身上還穿著超商的制服，一走過來先是藉助身高優勢，摸摸歐貝爾綿軟的包包頭，再跟露恰打招呼。

「晚點跟我去一個地方。」

「不行、不行，妳們兩個今天都是我的。」歐貝爾的頭左右旋轉，用頭頂鑽著石虎的掌心，表現得格外像想討好主人的寵物。

「妳這頭古靈精怪的熊……」石虎很愛蓬鬆髮絲的美妙觸感，然而貓科動物的靈敏雷達立刻偵測到不對，狐疑地說：「妳們說有急事，我才捨棄了八百八十元與一個雞腿便當。」

「嘻嘻，是憨厚的熊才對吧。」

「果然有鬼……」

「我和露恰是想說……妳每天都忙於工作，是該好好放鬆放鬆一下。」

「我喜歡工作，我有東西想買。」

沒想到石虎真有工作狂的屬性，歐貝爾設下的圈套失效，支支吾吾地說：「想、想買什麼？」

石虎瞄了露恰一眼，輕輕道：「我還不想說。」

「沒關係，我準備了一個禮物要給妳喔。」

「我沒什麼缺的吧……」

石虎拉拉身上的超商制服展示。歐貝爾暗暗嘆口氣，心想我們這個年紀的女孩子，衣櫃、鞋櫃應該永遠缺一件，恨不得將保養品專櫃整個包回家才對。不行，擔任偶像的第一個條件是要善待自己，這樣下去是不行的。

「可是禮物我已經準備好了。」

「不要浪費錢啊，快拿去退。」

「不能退啦。」

「妳不應該買的啦。」石虎扼腕道：「應該直接給我錢。」

「喂！」歐貝爾翻著白眼。

露恰掩嘴輕笑。

「不過，還是謝謝。」

「那妳先閉上眼睛。」

「……真麻煩欸。」

「這樣才有驚喜感嘛。」歐貝爾嗔道：「妳知道人家為了找到這個禮物花掉多少時間嗎？」

「喔……」石虎才剛閉上眼。

「噔噔！」歐貝爾就迫不及待地攤開暗藏的海報，「就是這個喔。」

地下街唱跳大賽，時間在三個月之後，歡迎對歌喉與舞藝有自信的民眾報名參加……當石虎讀完海報上的訊息，立刻明白歐貝爾在搞什麼鬼。

果然這頭奸詐熊還在做著成為偶像的白日夢。誘騙露恰上當就已經很可惡了，居然連自己都不放過，不狠狠地教訓一下，歐貝爾是永遠不會清醒的。

板著一張臉，石虎雙手抱胸不滿地說：「就為這種事，讓我請半天假？」

「哎唷，少賺一點錢不會怎樣。」歐貝爾比出一個讚。

「這一點錢比妳的比賽重要多了。」

「比賽不過是一天的時間，不會影響多少薪水啊。」

「參加比賽不用找歌、編曲、編舞、練唱、練跳嗎？」

「妳怎麼這麼清楚？」

「……總之，這會嚴重影響我的工作時間。」

「就犧牲一下嘛……」歐貝爾雙手捧在胸前，張了張水汪汪的大眼，可憐兮兮地哀求說：「誰叫石虎是我們之中最漂亮、肢體動作最具美感的人呢？瀕臨絕種團缺妳不行啦。」

「妳別以為這套對櫻姊、露恰有用，就對我有用……等等，妳竟然連團名都取好了嗎？」石虎錯愕。

「怎麼可能沒用，虎虎～我們不是好姊妹嗎？」

「哼，別來這招。」

「虎虎～拜託、拜託。」

「不了，我還有工作。」

「小氣鬼……」歐貝爾低聲嘟囔。

清楚聽見的石虎反駁道：「我只是熱愛工作。」

「客家貓……」

「喂，我才不是貓！不對，妳馬上跟我和整個客家族群道歉。」

「對不起，但我不是跟妳道歉。」歐貝爾倔倔地嚷嚷。

「跟我道歉！」石虎生氣了。

一旁始終保持安靜的露恰見她們吵起來，趕緊側身介入其中，準備使用過去的一貫手法安撫兩方，擔任最擅長的調解委員會會長。

「露恰，這傢伙說我是貓欸，根本獸身攻擊。」

「我知道、我知道，歐貝爾就是嘴巴壞壞，但心裡沒這個意思喔。」

「我總覺得妳每次都偏袒她。」

「還是要和平相處呀。」

「哼。」石虎甩過頭，讓黑色與棕色的髮絲飛起，轉身就走，表達嚴重的不滿。例落地離開了，維持貓科動物的灑脫。

「欸，妳……」歐貝爾想挽留，手懸在半空中，良久沒放下來。

「妳為什麼不告訴她獎金的事？」露恰不解。

「成為偶像，一定要是發自內心，並且有著強烈的企圖心與使命感，不能用金錢去衡量的。」

「想成為偶像還真麻煩呢。」

「身為瀕臨絕種的動物……想無憂無慮地活下去，就是這麼麻煩。」

「沒想到身為人，依然是很麻煩。」

「到了如今……露恰，我們真的算是人類了嗎？」

歐貝爾始終閃閃發亮的雙眼在跟隨著石虎的背影進入轉角消失之後，變得黯淡。從有意識開始就不曾分開過的夥伴，是比親姊妹更重要的存在，少了露恰或石虎都不行……在她未來宏觀的計畫當中，真的少了誰都不行。

只要少了一個，就什麼事都辦不到。

白衣神之所以會讓三個人在一起，必是有原因的。

歐貝爾如此堅信。

假日，歐貝爾收到指示，前往百貨公司門前發送傳單，反倒是平時很忙的石虎被老闆命令強迫休假。

露恰穿著一套絲質睡衣，左肩的肩帶悄悄滑落，左胸的一片雪白毫無遮掩，一

臉安逸、靜靜地坐在床邊閱讀一本厚厚的書。一察覺石虎走進房間，立即眼明手快地將書藏進枕頭下，裝出一副剛剛睡醒的樣子，不過實在太假了，她覺得一定會被識破……

沒有。石虎愁眉深鎖，即便露恰什麼都不掩飾也察覺不出。

「怎麼了？」

「我……」石虎欲言又止，走近床，替露恰拉起肩帶。

「別生歐貝爾的氣，否則老得快喔。」

「我才不管那頭蠢熊……我是、我是……」

「需要我幫忙直接說沒關係的，我從來沒拒絕過妳吧？」

「我不需要幫忙，只是……天氣這麼好，要不要跟我出去走走？」

「找我去約會呀？」露恰咯咯地笑了。

「不是……算了，當作是也沒關係。」石虎有些窘迫。

「去哪？」

「一個滿遠的地方，我們得趁早出門，搭火車再轉客運巴士……」

「嘿嘿。」

露恰得意地笑了笑，從枕頭下面抽出一張卡片，如同現寶一般，在手中晃呀晃的。石虎湊近一瞧，詫異地驚呼一聲。

「妳怎麼會有人類的駕照？」

「年紀到了，先考一張以備不時之需。」

「我們又沒有車。」

「可以租啊。」露恰下了床，撥掉兩側肩帶，讓睡衣筆直地滑落，在地上形成一個圈，「依妳天生獨來獨往的性格，會這樣來找我，一定猶豫很久了。」

「我……」石虎注視著半裸的露恰站在衣櫃前翻找，「嗯……」

「妳想去的地方，一定是很特別、很重要的。」

「才、才不是，妳別想太多，也不准告訴其他人。」

「好吧，不過既然是妳要找我約會，還讓我當司機……」露恰穿上深藍色的胸罩與選定的針織衫與長褲，「妳當然需要答應一個條件。」

「咦？什麼條件？」石虎嗅到危險的味道。

「讓我幫妳重新打扮一下！」

「什麼？」

「明明是如花似玉的少女，老是穿這麼土氣的運動服，不行不行，請把衣服脫掉吧。」

「咦咦？」

「請。」

「不好吧……」

「那我要自己動手囉？」

「嗚……」

石虎縱使不太情願，閃過幾分被獵人盯上的驚慌，原本還想掙扎幾下，卻被說到做到的露恰給得逞了。短短幾分鐘就進行了一場大改造，運動服整個換下，取而代之的是白色的露肩上衣與棕色的百褶裙，一雙健美的腿總算不再被束縛，展示在鏡子裡頭。

雙頰微微泛紅，石虎看著自己有些不自在……再看旁邊的露恰一臉得意更是有一點氣惱。不過最討厭的是，連自己都不得不承認，這樣子簡單的打扮很好看。

「我們家石虎要是能站上舞臺一定能風靡全場。」

「妳不要幫歐貝爾洗我的腦啦……」

萬一洗成功該怎麼辦？石虎無聲地抗議。

露恰見好就收，一貫的微笑掛在嘴邊，推著石虎的肩出房間。帶好隨身物品，兩女像是一對親姊妹準備要一起出門旅遊。

很輕易地租到一輛電動小車，露恰坐在駕駛座，雖說是拿到駕照之後第一次上路，但手握方向盤、腳踏電門，氣勢十足，毫不怯場。另一邊坐在副駕駛座的石虎，天生就對這種精密器具不擅長，不免對遊刃有餘的歐亞水獺投以羨慕之情。

「目的地是哪？」露恰專注地調整衛星導航系統。

「……不知道。」石虎稍稍傻住，莫名覺得旁邊的姊妹很帥氣。

「不知道怎麼去？」

「不、不是不知道，是我不知道詳細的地址。」

「那給我一個大方向吧。」

「嗯，先上高速公路。」

果真如石虎所說，她真的不知道準確的地點。上了高速公路，慶幸沒有塞車，在駕駛理應很生澀但表現得格外老練的操控技術之下，她們很順利地來到別的縣市，在休息站停留片刻便一路往山區開去。車子的移動速度越來越慢，到最後甚至需要走走停停，讓石虎下車親自用雙腳走上一段，才有辦法辨識方向。

她已經查過許多資料、做過許多功課，可是真的到了看起來都差不多的蜿蜒山路，就只能憑藉著依稀淡薄的記憶前行。其中當然走錯許多死路，繞來繞去如同深陷在綠色的迷宮。

石虎開始擔心露恰會不會覺得不耐煩，一直偷偷地觀察著，就怕她笑容少了，失去了平時的活力。

「我覺得讓身體吸收一些新鮮空氣，感覺好舒服～」露恰做了擴胸的動作，深深地吸了一口氣。

「真、真的嗎？」石虎試探地問。

「當然是真的，住在都市雖然有找工作方面的好處，可是空氣完全沒辦法比呀……我好像還聞到了山溪的味道。」

「謝謝妳……我知道妳是故意安慰我的。」

「拜託，是我該謝謝妳吧。」

「放心，我一定會很快找到的。」

「沒關係慢慢來，反正我們本來就是出來踏青的啊。」

「嗯……不過妳剛剛說聞到了山溪的味道，是真的嗎？」

「當然是真的，就在這個方向。」露恰指向左前方。

「那我們去看看，我記得……好像真的有一條小溪。」石虎走在前面。

像是受到了白衣神的指引，露恰跟在石虎的屁股後頭，發覺原先緩慢探索的步伐逐漸地加快。彼此之間沒有對談，依然神奇地透過步頻差異，感受到一顆急切的心在跳動。

直到從荒煙蔓草中穿出，來到一條馬路上，找到的顯然不是山溪，而是一間平房。這平房的後方連接著山坡，正面是一道幾乎沒有防盜能力的門……或者算是能開啟的柵欄，大半被藤蔓類的不知名植物遮掩。

一眼望進去，前院有幾件農用機具，但很久沒使用了，有的地方生鏽、有的地方發霉，更多的是殘破的蜘蛛網與厚重的灰塵。附近好像有果園，露恰直覺認定這戶可能是農家。

再更裡面便是紅磚建造的傳統平房，並不起眼，門兩側的春聯，皆已經腐朽到看不見紅色。

不過，依然是有人居住的痕跡……

「這裡是誰的家？」露恰不解地問。

「……」

「妳、妳怎麼了？」

「罪大惡極的騙子……」石虎咬著牙。

露恰瞧著門牌，上頭寫著某某路十五號，再重新掃視一次平房周遭，沒發現任何可疑之處。基本上剛剛上山的路途中，就有好幾間相似的建築，一點特別之處都沒有。

裡頭住著罪大惡極的騙子？

這表示石虎可能是受騙的被害者……依石虎目前嚴肅的表情，幾乎百分之百可以肯定了。

露恰腦中的問題不減反增，其中一個最大的問題，就是石虎怎麼會被騙？

一個生活如此單純的女孩，不是工作就是在家中；因為過度節儉的關係，平時連個休閒娛樂都沒有，哪有機會被騙？更別說還有辦法在被騙之後，像個偵探一樣千里緝凶，一路追蹤到家門前，濃濃的謎團如同山間特有的霧。

她產生了一個猜想。

這是不是妳前世……原本露恰是想直接開口問的，但一見到石虎的面容就什麼都開不了口。

那是真正的怨恨、那是不管過了多少年依舊刻骨銘心的怨恨、那是不論多遠都不惜千里要找到的怨恨……跟歐貝爾之間的糾紛，與之比較不過是小打小鬧。

對於自己姊妹，露恰永遠想知道更多，可是她很細心，清楚不能冒進，一定要用最輕柔的方式，像在撫摸貓咪的背。用力過度的話，貓咪三兩下就會受到驚擾跳開，反而得不償失……

「妳是不是曾經來過這？」

「……」

「我們……還有什麼要做的嗎？」

「……」

石虎不是刻意不回答，而是根本沒有聽見。她全心全意注視著隔一條小馬路的

平房，彷彿進入了時光長廊，回到未曾標記的遙遠過去，困在裡頭一時之間出不來。

不要緊，保持安靜並非壞事。露恰沒再出聲，只是靜默地站在旁邊，擔任個稱職的守護者。不覺得麻煩，沒感覺到疲憊，是真心覺得石虎身後的位子非常適合自己。

不免想到歐貝爾曾經提出的問題，到如今我們真的算是人類了嗎？

每個人一定都有專屬於自己的過去，以及成長的經歷，然而露恰心知肚明，無論是自己、石虎、歐貝爾都沒有這段……打從有意識起始，就已然是幼女的身軀，宛若真的有一名無所不能的白衣神，拎著三條靈魂放置於三道身軀。

當擁有越多的知識，越覺得自己的存在必然是神蹟，白衣神也必然真實，否則怎麼會有野生動物死後轉生成為人，這種不可思議事件發生？

恍神之間，平房走出兩位年約五十的阿姨，她們的對話音量絲毫沒有控制，在這寧靜的山區聽得一清二楚。

「一定要特別注意這位老婆婆……」

「嗯，我看也是，而且伴隨著暴力傾向，照顧起來特別不容易。」

「罵跑、打跑十幾位了，唉。」

「我的判斷是她絕對不適合再獨居下去。」

「當然，不過一談到這個，菜刀立刻就拿出來了。」

「對，這就是最大的問題，她真的不能再隨意接觸刀具、火源……之類的危險物品。」

「也不知道她這麼執著不搬的原因是什麼。我曾經嘗試詢問，但沒有成功，妳說會不會是老一輩的傳統觀念，希望落葉歸根，想死在自己的家園？」

「……」

「妳不認同？」

「我覺得，她在等。」

「等什麼？」

「等一個人。」

聽到這，石虎的單薄身子一震，臉部表情產生截然不同的劇烈變化，那是露恰與她相處這麼多年來從未見過的表情，該怎麼說呢？像是所有膨脹的情緒在最短的時間內收斂至一個點，沒有恨、沒有怨，像一口乾枯的古井，往下望去，什麼都沒有。

兩位阿姨沒有察覺到馬路的對面有人，一邊走、一邊在認真交換彼此的意見。

「不過上面的……以前是暗示，現在幾乎是明示。」

「我討厭他們插手。」

「沒辦法啊，再這樣子下去，最後一定會有衝突。」

「上面的，就不能再等幾年嗎？說難聽一點，依目前的情況，老婆婆還能再活多久？何苦剝奪人家安享晚年的權利。」

「關鍵在，於公於私，讓老婆婆搬到一個有特別照顧的地方，是正確無誤的。」

「上面的人在想什麼我會不知道嗎？當然，我也知道他們承受的壓力應該是不比我們小。」

「是呀。」

「目前就走一步算一步吧。」

「欸，小聲一點，學生們來了。」

手抱著一本厚重資料的阿姨換上一張和藹的臉孔，準備走過馬路迎上石虎與露恰。

露恰本以為石虎會刻意隱匿身影，沒想到她會站在原地不動，像在很沉很沉的夢中無法起來，趕緊輕輕拉扯她的衣袖，依然是沒有反應……

如果真如石虎所說，這裡是騙子的家，那意外接觸的所有人類，都有潛在的危險性。露恰反射性地往前多走兩步，巧妙地護在石虎的身前。

「妳們真好，這麼偏遠的地方還能找到。」其中一位阿姨拍拍石虎的肩，表示讚許。

「……」出乎預料的發展，讓露恰暫時反應不過來。

「我懂……妳們同學之間一定常說這戶的老婆婆很凶、很可怕，都沒有人要來對不對？不用緊張，妳們的工作就是簡單打掃環境，其餘的統統不用做。」

「不，我們是……」

「沒問題的，我一定會特別要求妳們的教授幫忙，會提高妳們的分數。另外社服的時數，我直接算一點五倍。」

「不，我要說的是……」

「兩倍。」看起來在社會浸淫多年的阿姨眨了眨眼，「做一算二，很棒了啦，我沒給過別人這種優待。」

露恰苦惱地說：「先聽我說，其實我們根本就……」

「成交。」石虎突然開口。

「咦？」露恰尚未搞清楚是怎麼回事。

石虎已然轉為超商店員模式，客套地跟兩位阿姨招呼寒暄，彷彿彼此是合作多年的夥伴，甚至還認真地借來一支筆，於掌心記錄注意事項。

阿姨們心滿意足地走了，還不忘讚美露恰與石虎是認真、負責、有愛心的學生，然後三步一回頭、五步一比讚，才上了自己的車放心離開。

石虎推開與柵欄無異的門走進前庭，當雙腳一踏上碎石子地，那久遠的記憶又再度湧上心頭，直到露恰拉住她的手，硬生生地將意識拉回現實。

「到底是怎麼回事？」

「……」

「石虎？」

「喔喔……沒事。」石虎回過神來，勉強地笑笑，希望姊妹安心，「聽她們說時數算兩倍嘛，害我體內的客家……不、不是，是害我想說，既然都來到這了，不把租車費用賺回來太可惜。」

好爛的藉口，破綻百出到露恰心酸不忍吐槽的程度，只能輕輕地說：「原來是這樣，有道理。」

兩人連袂進到屋內，門沒鎖，象徵裡頭根本沒有東西值得小偷光顧。

露恰對周圍全然陌生的環境，做出了許多判斷。第一個印象是陰暗，宛若時光徹底遺棄了這裡，連光線都無法照射進來。整個客廳僅有兩種光源，一是每五十、六十秒便會閃一次的日光燈，二是上個世代在用的傳統電視。

屋主老婆婆坐在靜滯的搖椅，因為光線的關係，看起來如同披上了一片灰濛濛的圖層，也被時光所遺棄。

很顯然石虎一直在壓抑情緒，冷冰冰地說：「抱歉，打擾了，我們是社工派來的學生志工，今日由我們來打掃環境。」

老婆婆像是沒有聽到。

石虎像是根本不在乎她有沒有聽到。

「您好。」露恰彎腰恭敬地招呼。

老婆婆總算是反應過來了，瞥了她們兩眼，早就習慣屋內有陌生人進進出出，見怪不怪的樣子。

突然，外頭的碎石之路，又傳來了沙沙的聲響。石虎二話不說，轉頭出了屋子，向兩名大學生表示，今天已經由她倆負責。

這麼徹底的謊言，居然神奇地發揮作用。兩名大學生一聽到有人代替自己，連問都沒有再多問一句，雙眼之間難掩喜色，好像只要能不進這個屋子，就算白跑一趟也無妨，連問都沒多問，親切地道別，說了再見。

等到石虎再度回到屋內，露恰已經挽起袖子，一副躍躍欲試的模樣，很想要擔任一日志工。

「妳想幹麼？」

「打工賺錢呀，受人之託，忠人之事，櫻姊不是常常這樣教我們嗎？」

「……我覺得不能用在這裡。」

「所以剛剛是在騙我囉？」

露恰用一種很奇妙的笑容，將拖把交給了石虎。同一時間像是遭到感染一樣，石虎也憨憨地笑了起來，兩人像是心有靈犀，真的開始清掃起來。

石虎透過簡單的勞動，再次進入過去的回憶裡，顯著的差距是她彷彿暫時忘記了不堪的部分，剩下的是偏向好的那一面。露恰趁機悄悄觀察著她，以及這間屋子所埋藏的一切。

這屋子，住的絕不只老婆婆一個人。但另一個人是誰，卻又找不到半分蛛絲馬跡，產生了有一種很強烈的預感，這個人才是真正的關鍵。

透過掃地這道工作，露恰輕鬆摸透這間平房的構造。傳統的紅磚屋，一共有四個房間，其中一間是老婆婆的臥室，兩間堆滿跟廢棄物沒差異的農具，僅有一間上了鎖。

比較特別的是後院，擺著許許多多的花卉盆栽，並且直接連結後頭一整片生機盎然的山坡地。在這麼美的景色前，露恰有自信擺上一壺純淨的溫水、配上幾片餅乾就能坐上整日。

其餘的廚房、客廳、餐廳再無特殊之處，當然她也不可能初來乍到就在人家家裡翻箱倒櫃徹底搜索。

慢慢的，她也分辨不出，鼻子聞到的是祕密的味道，還是一般的灰塵。

日漸落，夕色塗滿了整間平房，打掃的工作就到這告一段落。

「老婆婆，屋裡屋外我們都整理過了喔。」露恰前去報告。

老婆婆依然在搖椅上看著電視，恍若未聞。

見到這種狀況，露恰幾乎肯定老婆婆有老人痴呆症的問題……總覺得就算幾個小時過去，老婆婆也還沒有認知到家中多了兩個陌生人，而聽聞中的暴力傾向則完全看不出來。

「像歷經風霜的雕像……」

「露恰？」

「嗯？」

聽到石虎喚自己，她連忙回神轉身。

「好累，而且全身都臭臭的。」

「不會呀？」

露恰撩起石虎的長髮，將鼻子湊過去頸邊，輕輕地嗅了嗅。

猝不及防的石虎退後數步，面紅耳赤地用頭髮遮住自己的脖子，嗔道：「很臭，妳不要亂聞啦。」

「我不覺得。」露恰毫不在意，著手收拾帶來的東西，準備離開。

「不行，我一定要先洗個澡。」

「什、什麼？」

「我說洗澡。」

「……怎麼洗？」

「跟我來。」

「……」

露恰完全沒想到會有這種突如其來的發展。先不要說老婆婆會不會同意的問題，光是自己一路奔波至此，兩手空空的，連個肥皂都沒有，要怎麼洗？

疑惑之間，石虎已經來到上鎖的房門前。

「這我偷偷開過了，鎖住的。」露恰低聲提醒。

「等我一下。」石虎沒有多做解釋轉頭就走。

過了三分鐘，或者只有一分鐘吧。在露恰漸漸感到不安的時候，上鎖的房門，嘎的一聲，出乎意料之外地開啟了。

出門的不是別人，正是石虎。

往裡頭看去，有一道窗開著，窗簾隨著風鼓動。原來石虎是繞到屋外去爬窗進

來。

她怎麼知道裡面有窗?而且沒有鎖?

石虎簡直像在逛自己的房間，隨手拉開衣櫃，便拿出兩套女用居家服，其中一套交給了露恰。

露恰雖然接過，卻憂心忡忡地問：「這算是偷竊了吧?」

「只是借穿一下，洗乾淨還回去就好。」石虎不在意地拎著衣物前往浴室，「全身是汗，妳也洗一洗。」

「喔……」露恰的疑問沒減少半分，反而多出了更多。

攤開手中的居家服，是標準的中等身材尺寸，款式方面有點老氣，絕非時下少女會喜歡的類型，聞起來有淡淡的洗衣粉香味，代表近期還有洗過……應該是住在這的第二個人。

浴室的鎖早就年久失修了。

露恰輕輕推開門，充滿熱氣的白煙就往外頭竄，乍看之下就像隱藏在深山中的世外桃源。

浴室的瓷磚是用藍色與白色分隔出地板與牆壁的界線，在一個半小時前她才整個刷過，要不是水氣導致視線不佳，就能瞧見閃閃發亮的成果了。

她用大浴巾圍著自己，徐徐地往浴缸的方向走，疲憊道：「我剛剛良心不安，去問老婆婆能不能借浴室洗澡，她是有點頭沒錯，但不知道是不是真有聽懂我的意思……」

「妳妳妳……妳怎麼會進來？」泡在浴缸的石虎發出驚慌的嘩啦水聲。

「妳不是叫我也洗一洗嗎？」露恰不解。

「當然是等我洗完啊！」

「那是妳沒有講清楚，不是我的錯喔。」

「妳……」

石虎想擺出惡狠狠的樣子，可是情況對己方真的太不利了，雙腿窘迫地閉合夾緊，雙手緊緊地護在胸前，楚楚可憐又無能為力，哪有淺山林之王的霸氣。

露恰不知道是真的還是假的，總之什麼都沒有看見，自顧自地跨進狹小的浴缸

中，與石虎面對面坐著，她們的四隻腳不得不交錯在一塊。好擠。

一浸入熱水，露恰一顆歐亞水獺的心被治癒大半，身體的疲勞快速消退，情不自禁地呻吟道：「嘤……」

「等等，露恰，這水很髒啊……」石虎滿臉通紅，而且不是因為熱水的因素。

「才不髒。」

「我剛剛全身是汗……」

「我也是，那我也很髒。」

「我、我不是這個意思。」

「我們都髒髒的，剛剛好。」

「可是、可是……」

「哎呀，我們以前小時候，不都是一起跑到山溪洗澡嗎？」

「不一樣，我們長大了。」

「都一樣，我們永遠都一樣。」

露恰像是隨口道出一個再平凡不過的事實，連考慮都沒有，就做出了永遠不變的承諾。石虎先是睜大雙眼，旋即明白她的溫柔心性，會自然選擇最溫柔的話

語……慢慢地降下身子，讓熱水蓋住下巴。

「妳……不會騙人嗎？」

「不會。」

「怎麼保證？」

「知道嗎？整個地球，所有的生物，只有人類有說謊的概念與行為喔。」露恰雙手舀起水，淋在自己清秀的臉蛋，「我可是歐亞水獺，才不會騙人。」

「卑鄙……」石虎哀怨地嘟囔道：「欺負我的時候就是人……要保證的時候就說自己是水獺……」

「我什麼時候欺負妳？」

「哼。」

「好吧。」

露恰很乾脆地起身，前傾，撥開石虎的瀏海，精準地吻在額頭上。

石虎呆滯了快十秒，之後雙眼睜到最大，雙手按著額頭的位置，驚慌地說：「這這這、這是做什麼？」

「合約的印章，我的保證。」露恰燦笑道。

「哪有、哪有這種保證的方式！」

「這是我們歐亞水獺從小到大都有的特殊習性啦。」

「……原、原來是這樣嗎？」

「當然……」不是，但露恰覺得這樣的石虎實在太可愛了，想保留下次蓋印章的機會。

「每個物種果然都有自己的過去呢……」石虎點點頭。

「那妳呢？」

「我？」

「妳的過去。」

「……」

彷彿被觸及了藏在最深最深的傷痕，吃痛地縮回身子。對於石虎而言這段過去，如同擺在眼前的捕獸夾，明明知道只要跳過去就好了，卻依舊沒辦法跨出前行的那一步。

沒辦法前行，就只能一生都待在原地。

「妳不說也沒關係……」光是看見石虎此刻的表情，露恰便覺得有蟲在咬自己的心。

「妳知道人類最惡質、最可恨的地方在哪裡嗎？」

「……」

「不是破壞環境、不是獵殺動物、不是走私買賣，而是他們會偽裝。偽裝成善良的樣子，等到我們卸下心防，習慣這些善意，才會露出真面目，展示這個世界最真實的模樣。」

「……」

「最可怕的向來不是壞人，最可怕的是偽裝成好人的壞人。」

「我……」

「我只相信妳、櫻姊、歐貝爾，其餘的，我統統都不信。」

「我明白了，所以妳才會這麼排斥歐貝爾的建議。」

「根本就不相信人類的我，自然也不可能成為偶像。」

「嗯。」

露恰其實很心疼，心疼石虎轉生成為人類，卻又如此畏懼人類，無時無刻懷疑自己的本質……如櫻姊過去擔心的，曾經有動物死而復活成人類，一直有嚴重適應不良的問題。恐怕，石虎表面正常，內心也尚未跨過那道檻。

會不會歐貝爾早就察覺石虎心中的坎，所以才想出這麼瘋狂的辦法，逼她走出超商、走出家門，去接觸更多的人，降低對人類的忌憚？

有死亡連結這麼恐怖的存在，的確沒多少時間再徬徨猶豫了。無論是石虎、歐亞水獺、臺灣黑熊的同胞數量都遠低於一千隻，或許在短短兩、三年內不至於徹底滅絕，但是誰知道會不會像澳洲那樣突然來一把森林大火，直接造成毀滅性打擊……更別說目前根本沒有實際作為來幫助物種延續。

「怎麼辦呢……」露恰喃喃自語。

水漸冷，只是歐亞水獺沒有察覺。

石虎悄悄地抽走露恰的大浴巾，裹著自己的身子緩緩站起來……

「阿財，吃飯了。」老婆婆拍拍門。

露恰回過神來，正好瞧見石虎的背影定格在原地，遲遲不動，僵硬。

像是什麼不為人知的祕密被揭開一般。

「阿財絕不可能是石虎……」

露恰坐在一只圓凳上，雙手捧著一杯熱水。雖說後院連接整片山坡地，擁有一片無敵的景致，但現在是凌晨一點半，根本什麼都看不見，頂多就是吹吹微冷的山風，讓自己的腦袋在舒適的狀況下冷靜。

今天，是真真正正的瘋狂之旅。要不是手機沒電了，真應該打電話給歐貝爾來個徹夜長談。

先說說晚餐的事，老婆婆顯然精神發生錯亂了，將自己跟石虎同時誤認成一名叫做阿財的人。沒錯，都叫成阿財。

晚餐是吃什錦麵，內容物就是那兩位阿姨送來的物資。老婆婆的廚藝完全沒有跟著記憶力退化，味道出乎意料之外的好。

用餐的時間非常安靜，餐桌上沒人說話是有幾分尷尬，還好老婆婆不太在意，彷彿吃飯時本來就不該講話。

再來，更不可思議的來了。

石虎說時間太晚，山區的視線不佳，開車應該不太安全，不如在這裡睡一天，明天一大早再回家……反常，太過於反常了，露恰就沒想過對人類特別排斥的她會願意住在陌生的環境。

除非這個環境並不陌生。

「那阿財是誰？為什麼會有個上鎖的女性房間？」

露恰只能肯定阿財不是石虎。原因很簡單，根據櫻姊所說的，當初撿到石虎，石虎的生理年齡不過十歲出頭，靈識剛剛啟蒙，想結交或是認識什麼人類，那是不可能的。

思緒進入死路，露恰一口氣喝光溫水，開始搖擺放鬆著手臂，打算繞繞整個後院幫助睡眠……意外的，在某個草叢中發現一個盆子。

「……是貓食盆？」

種種的不對勁，化成一道一道的光，照進露恰的腦海中，再逐漸形成一個接近真相的顏色。

「什麼東西？」

野生動物的警覺雷達，偵測到附近有物體靠近。露恰屏氣凝神，完全沒發出半點聲響，慢慢地往後退、輕輕地往後退，途中總算找到一個沒遮蔽的角度，利用月亮的銀光，勉強能看見這物體是什麼……

棕色底，密集的黑色錢斑，又粗又長的尾巴，非常像貓。像貓，但不是貓。

居然……

是石虎！

露恰整個背的雞皮疙瘩都竄起，能見到活生生的石虎，是多不可思議的際遇，興奮得無可附加。

這後院臨近山坡地的草叢或樹叢之類的隱蔽處，都藏有形狀、顏色各異的貓食盆，裡頭放滿了貓飼料，常有路經的石虎過來大快朵頤。

露恰意外發現老婆婆的行為，再繼續緩緩地退後，直到進入屋內，喚醒沉睡中的石虎，拉著她快速來到後院，抓緊寶貴的機會見同胞一面。

從睡眼惺忪到眼波流動的過程不過短短的一分多鐘……石虎站在後院，銀色的月光，讓棕色的長髮昇華成金色。打著赤腳的她，在移動中不會發出半點聲響，就連淹滿眼眶、最終不幸墜落的淚珠，也沒有發出半點聲音。

悲傷的寂靜。

不只一隻同胞，在後院的範圍內至少有三隻。

恐怕是已經養成習慣了吧。

非常糟糕、非常惡劣的習慣。

石虎咬著牙，倔強地擦掉眼淚，回到屋內，找出早上用來打掃的掃把，恨恨地衝回後院，二話不說，掄起掃把亂敲亂打，在這安詳的夜製造出意想不到的動亂。

「石虎，為什麼……」露恰左手掩著張大的嘴，看傻了。

平時算是文靜的姊妹，展現錐心刺痛的瘋狂。

「滾開，都給我走！」

「你們有骨氣一點，不要再來這乞食！我們不是貓，更不是寵物，不要被人類給騙了！

「他們會說你們是家人，但其實不是，他們說一定會回來，但絕對不會，人類都是大騙子！

「你們不要想偷懶，萬一在這邊吃習慣了，以後都不會狩獵了怎麼辦？懶惰鬼！

貪吃鬼！一群沒有尊嚴的傢伙！

「滾！統統給我滾！」

掃把激起一整片凌亂的落葉，所有的石虎早就不知道飛奔到哪裡去了，只剩下她一人憤憤不平，似乎不將體內的委屈與憤恨釋放出來，就再也沒辦法恢復正常。

裝有飼料與雞肉的貓食盆一個接著一個被找出來打爛，顯然是精心準備的食物散落於草地，美好的用餐時間已經不復存在，被徹徹底底地破壞殆盡。

整個臺灣，血濃於水的同胞不過數百，比一班尖峰時刻列車載的乘客還少，彼此能夠活著見面是多罕見的奇蹟……

露恰萬萬想不到，本該是感人肺腑的重逢場景，會變成這個樣子。石虎從一開始的怒罵，到後來已經是單純的尖叫與嘶吼，無意義的、無意識的，回歸本質不理性的獸性，披頭散髮，觸目心驚，咆哮聲不斷地在山區中來回震盪。

最後，終於累倒了，石虎放下掃把，身子癱軟即將跪倒……露恰早就守在一旁，小心翼翼地擁她入懷，溫柔地用指尖梳順亂掉的長髮，像在呵護著無比珍貴的寶物。

「那些可憐的孩子……絕對不能再、再信賴人類……」石虎哽咽地握住露恰的手。

「過去，在這片土地，究竟是發生什麼事？」

「我、我被騙了……我的、我的整個心都碎了……」

「是誰騙妳？」

「是人類……全部是人類的錯……」石虎再也忍不住。

「全部告訴我……不管是妳的遺憾，還是傷口，我都想知道。」露恰堅信，只要能說出來，痛楚就能減輕。

「露恰……」

「我可以這樣抱著妳整晚，直到妳願意說為止喔。」

「這是威脅……吧？」

「是喔。」

「……」

石虎將臉埋進露恰的胸口，依賴地感受著其中的溫度，彷彿在這滿布人類的社會中唯有此處是能夠徹底安心的避風港……深夜的山風，不管時節總會有幾分冷意，難得找到了寶貴的溫暖，石虎依依不捨地反抱住露恰，淚水才有辦法克制。

「其實，這裡是我的家。」

「這塊山坡地？」

「不，是這間屋子……」

「……」

「從我有記憶開始……我就是孤孤單單的，沒有媽媽、沒有同伴……當時的記憶很混亂並不清楚，一直到現在，我僅記得兩個感覺。」

「什麼感覺？」

「是『餓』與『痛』，滿滿的餓與痛幾乎充滿著我生命的全部。好餓，我根本找不到東西吃，依我的速度和力氣，永遠抓不到鳥類來吃，至於嚙齒類、爬蟲類也是有一頓沒一頓的，變成了很糟糕的惡性循環……」

石虎的瞳孔在晃動，宛若過去的惡夢又隨著口述再次回來了。

露恰撫摸石虎的手臂，試圖平撫這不自然的顫抖。

「那是我生平第一次……這麼羨慕一隻黑貓，並且……開心自己擁有阿財這個名字……」

糟糕的惡性循環就印證在這隻石虎身上。

出生不到六個月就與母親分離，失去穩定的食物來源，在蒼茫大山中，僅能依賴天生的動物本能去狩獵。但獵物們也有天生的求生本能，這是一場你死我活的殘酷較勁，可惜石虎敗多勝少。

畢竟身體尚未發育完全，又沒有母親胼手胝足地教育狩獵，可謂是先天不足、後天不良。有的時候運氣好，能有一頓溫飽，運氣不好的時候，三天都找不到其他動物吃剩的腐屍。

肚子餓，會讓速度變慢、力氣變小、反應變差，原本在體力充沛可以獵捕到的獵物，現在漸漸變得沒有辦法。飢餓、瘦弱，更飢餓、更瘦弱，這個迴圈就像是附骨之疽，除非死亡，否則別想擺脫。

山，是那樣的廣闊，放眼望去存在著無限的事物，為什麼就是找不到一個東西吃呢？為什麼會這麼飢餓？為什麼會這麼痛苦呢？

明明充滿無窮的生命力，照理來講，山應該會給予每一種生物平等的機會，然而牠沒有享受到共生共榮的權利，其他受到眷顧的動物會活著，這隻石虎不會。牠的神志逐漸恍惚，連抱怨都不會。

漫無目的地遊蕩，持續地消耗體力，加速死亡的來臨。可是石虎與生俱來的本性告訴牠，不可以停下來，絕對不可以停下來，只有繼續向前走，就還會有存活的機會。

或許前方就躺著一隻野鼠。

或許前方有一隻受傷的禽鳥。

可惜沒有，都沒有。

石虎拖著虛弱的步伐走著，用一種苟延殘喘的速度，來逃離死神的無情追捕，渾身的疼痛。不知道原因，或許也不需要原因……神智恍惚之際，牠一腳踩空，從山坡一路滾了下來，壓倒許多野草換來的是遍體鱗傷，痛楚便有了加重的理由。

原本以為到此為止了，再也站不起來了……

石虎的鼻子突然動了動，聞到食物的獨特味道。

拖著快失去力氣的身軀，憑著不想死的本能，牠確認食物的方向，奮力地再往前走幾步，完全沒注意到附近的環境，低下頭近乎瘋狂地吃著貓食盆的雞肉，一直吃、一直吃，像是想將餓與痛一起吃得乾乾淨淨。

「一定是餓了吧？滿身是傷……可憐的貓貓……」

人聲？石虎緊張地往後一跳，才發現有個坐在鐵椅上的女人，以及她腿上趴著的黑貓。

「沒事、沒事，不用害怕，反正阿炭又不吃。」

好危險……可是又好餓……石虎在兩難之下終究是敵不過飢餓感，眼睛瞪著前方的女人與貓，慢慢低下頭吃起來。然後只要對方有任何的動作，立即往後彈，確定沒事又回去吃，反覆了四、五次。

這一驚一咋的可愛模樣，惹得女人輕輕笑了起來。

「真的不用怕，吃就對了。呵呵……難怪人家總說虎斑貓特別膽小。」

石虎聽不懂女人的揶揄，快快地將貓食盆的雞肉吃個一乾二淨。

「喂，吃得太快的話，等等會吐出來喔。」

為了降低自己的風險，石虎吃完立刻就走，四足朝山坡地的方向急奔，幾個俐落的跳躍就消失在女人的視線中。

「下次記得再來喔～」女人朝著綠色的山，與那抹急如風的棕色招呼。

一身疲憊的石虎根本跑不了太遠，連個安全的樹洞都沒力氣找，隨隨便便窩著就沉沉睡去，所幸在這片山區並沒有天敵。

這是石虎睡得最香的一回，第一次知道原來飽足感是這麼幸福的事……

隔天。

太陽漸墜的午後。

石虎舔拭著身上的傷口，發現疼痛感消退不少。牠躲在樹叢當中，利用山坡的地勢，以居高臨下的角度觀察，發現女人依舊坐在鐵椅、貓仍然躺在大腿、貓食盆擺在原本的地方，滿滿的雞肉。

肚子又有點餓的石虎當然不可能錯過這次機會，安靜無聲地下了山，來到了女人與黑貓面前。跟昨天不同了，現在體力比較充沛，便沒有示弱的道理。

牠齜牙咧嘴地哈氣，弓起身子，背部的毛炸了起來，希望利用自身的威勢，將眼前的敵人趕走，這樣子自己就能獨享這份食物。

然而，在女人眼中，六個月大的虎斑貓，無論多凶，都是超級可愛的。

發現女人與黑貓不為所動，石虎也覺得累了，很乾脆地大快朵頤起來。尊嚴這種東西先擺在一邊，填飽肚子最為要緊。

連續幾日，石虎只要是餓了，都會跑到這裡來吃東西。貓食盆裡面永遠會有可口的雞肉與飼料，好像一個神奇的聚寶盆，吃完了又長出來，吃完了又長出來，不再挨餓。

之後的梅雨季，下著毛毛細雨，陰陰的，石虎很討厭這樣的天氣，身體溼溼的，怎麼甩都甩不乾淨，而且更討厭的是……女人與貓都沒再出現，裝滿滿的貓食盆也沒了。

不爭氣的肚子又發出嚴重的抗議，石虎鼓起勇氣，決定更深入人類的地盤。無聲地穿過後院，打起十二萬分的精神，雙耳高高地豎起，聽著四周的風吹草動，降低身姿緩速繞行平房一圈，卻什麼都沒有發現。

很快的，石虎找到一面窗，輕輕鬆鬆地跳上窗臺，向內一瞧，女人正躺在床鋪上讀書。女人的存在就等於食物的存在，牠迫不及待地跳進房間，認真地到處嗅了嗅，想找出充飢的美食。

「咦？怎麼找到這裡來？」女人詫異地合起書，趕緊將身上的大毛巾放在地板，「全身溼溼的話，會感冒喔。」

石虎到這個時候才發現，這個空間內沒有雨、沒有寒風，好舒適又好暖和……尤其是這團軟綿綿且熱呼呼的毛巾，一趴上去就捨不得起來了。

「媽，快拿阿炭的飼料過來！」

「為什麼啊？阿炭跟我在一塊……」

老婆婆抱著黑貓進到房間，見到女人興高采烈的模樣，不免無奈地嘆口氣。

「這是我們新養的貓貓喔，妳看這虎斑貓上的特殊斑紋，是不是很像一整片的銅板？有一種招財貓的氣質耶。」

「長得的確古怪。」

「要說特別，不能說是古怪，否則阿財會生氣喔。」

「妳這樣亂養貓也不怕阿炭會不高興。」

「才不會，阿炭是老爺爺了，不會跟孫子計較的。」

「都妳在說，唉……」

老婆婆抱怨歸抱怨，仍舊抱著黑貓去添一碗飼料，途中還不斷地對心愛的寵物解釋。已經十三歲的阿炭當然聽不懂「不可以吃醋」、「我們還是最愛你」之類的人類語言，事實上即便聽得懂，牠也不在乎。

房間內，女人有著同樣的毛病，一樣用人類的語言跟石虎講話。

「阿崁呀，已經年紀大了，或許有一天會離開我們，所以我在想……未來、未來……」

未來什麼？女人沒有繼續說下去，只是雙眼慢慢地失去了焦距，好像未來很撲朔迷離，沒有辦法一句話斷定，就連隨口敷衍幾句都做不到。

石虎當然沒興趣聽她說完，等到老婆婆端來一碗飼料，囫圇吞棗地吃光光後，馬上一個跳躍就跳上窗臺，迅速地消失在山林之間。

女人並不氣惱，自認自己最大的優點就是耐心，日復一日過去，梅雨季也有終結的一天。幸好，石虎出現的頻率更高了，原本女人想找機會逮住牠，送到獸醫院去打針、點藥，順便洗洗澡、剪剪趾甲，可惜野貓天生性子野，始終保持著一段安全距離，很難出手抓住。

當然，有的時候天氣冷，牠還會選擇在溫暖的貓窩睡一夜。見到這麼可愛的睡臉，女人又捨不得破壞彼此得來不易的信任，去獸醫院的計畫就無限期地拖下去。

反正整間屋子是半開放的空間，石虎來去自如，無拘無束的，彷彿在逛自己的家。相較之下，這裡溫暖、安全，有得吃、有得喝，遠比山林舒適太多；唯一討厭的地方是，這女人的手時不時就想偷摸過來，凶了她幾聲，才收斂片刻，然後又賊兮兮地伸出手。

「阿財，身為這個家的一分子，被我摸是應盡的義務喔。看吧，阿炭隨便我揉肚子都可以。」

石虎是打從心底瞧不起這條黑貓，這廢物一整天就是趴在那晒太陽跟發呆，不去狩獵也就罷了，連食物也是愛吃不吃的懶樣……所幸，對方基本上都待在老婆婆的房間，出來到客廳或是後院的機會越來越少。

冷不防，某一天，石虎明確感受到家裡的氣氛不對。

不可名狀的壓抑籠罩著整間平房。老婆婆坐在搖椅上，注視著沒有開啟的電視，手習慣性去摸大腿，卻撲了空，眼淚緊接著就落下來，一滴一滴墜在手背。

女人癱在床邊號啕大哭，美麗的臉龐僅剩痛苦與糾結。石虎原先是很警戒的，但本能的直覺告訴自己，對方不只沒有惡意，甚至是無比的虛弱無助，像遭到捕獸夾咬著腿的動物，發出痛徹心扉的悲鳴。

石虎慢慢地靠近了她……

沒想到她還有力氣張開雙臂抱住自己，原本是想掙扎的，可是，這個柔軟的懷抱好舒服。

有人梳著背部的感覺，實在是太舒坦了……不可思議，石虎眯起雙眼……

之後，再也沒有見到黑貓了。地盤變大的感覺是很好沒錯，但牠偶爾也會懷念起黑貓懶洋洋的姿態。

從此，石虎算是正式住進了這裡。除了剪趾甲與牽繩絕對不可能接受之外，其餘身為家中的一分子，該負的責任都負了。

心情好的時候，就跑進山裡玩耍，順便找找黑貓的行蹤；心情不好的時候，就待在房間讓女人撫摸自己的背。無聊的時候會感到懷疑，為什麼黑貓不願意待在這麼美妙的家，情願回到山林去挨餓受凍呢？

「我跟妳說喔，阿炭呀，已經到一個很遠很遠的地方玩了……現在、現在……我們要一輩子在一起，永遠永遠不分離……永遠永遠……」

石虎依然聽不懂人話，可是能從女人的語氣、語調，以及五官的變化判斷出背後所隱藏的含意。

「我們是家人，我保證。」

昨夜，石虎談到一半，便在露恰的懷中睡著了。

反而是露恰完全沒睡，滿腦子都是那個只說一半的故事。根本不需要想得太多，用最直接的角度剖析，女人必然是石虎痛苦的來源，用比較難聽的說法叫罪魁禍首。向來冷靜的露恰，在自己都沒發現的情況下動了氣。

既然曾經住在這，那一定能找到關於女人的線索……

尤其是這個房間。

窗外的天濛濛亮，露恰能想像出當時石虎渾身溼漉漉跳進來的動態畫面，也勢必能找到故事的真實樣貌。

石虎仍躺在床上熟睡，露恰放輕再放慢全部的動作，搜索著隱藏過往祕密的痕跡。衣櫃與置物櫃大半放了女性的衣物與物品，然而，有一點很怪，這個房間裡頭的一切，明明沒人使用卻又保持得很乾淨。

比方說，有一罐保養品，過期幾年了，瓶身卻一塵不染。

她將保養品放回原位，目前最想找到的是照片。如果有照片的話，就可以親眼看見她們當初相處的樣子。

人類遺棄寵物、虐待動物的新聞常有耳聞，一開始養的時候，會覺得寵物很可愛，不管是亂大小便，還是亂咬東西，都有極大的包容力。可是隨著時間慢慢過去，人類的耐心也會慢慢降低，寵物變成令人厭惡的動物，看著就很討厭，對待寵物的態度逐漸惡劣，有的大聲斥責，有的拳打腳踢，最後遺棄在街頭，眼不見為淨。

更何況，石虎不是貓，有著更強的野性與侵略性，本來就難以馴養成寵物……因此，最後落得怎麼樣的下場，似乎也不難猜出來了。

露恰還是需要證據，她在置物櫃最底的一層，發現許多過去的文件或是書本，輕輕地翻了起來，並沒有發現什麼不妥的地方……

「咦？」

她注視著手上的一張喜帖，紅色的卡片，無法避免有些褪色的痕跡。即使如此，依然清楚地記載了一場婚禮，包含新娘、新郎的名，以及兩個家族的姓氏。

當然上頭也有這對新人的相片……

「起床，起來吃飯了。」門外的老婆婆，在這關鍵的時刻敲了敲門。

怕被發現的露恰急忙將喜帖放回原處，石虎同時間悠悠醒轉，伸了一個大大的懶腰，彷彿很習慣這張床，半點認床的問題都沒有。

石虎呆坐著幾秒鐘，等到神智完全清醒，才害臊地瞄了露恰一眼。

「昨晚……很不好意思。」

「妳明明就知道，是我想聽。」

「嗯……其實能說出來，感覺很好……」

「那之後的事？」

「過去的事，過去了。」石虎慘澹地笑笑，「我想回來，不過是為了紀念，現在已經看夠了，甚至能在這張床睡一覺……挺好的。」

「……」露恰想追問，又深怕有反效果。

「東西收一收，走吧，以後我不會和人類有什麼瓜葛了。」

「好吧……」

露恰選擇尊重石虎的決定。所謂的過去，自然有被時間沉埋的權力，既然石虎經過昨夜的眼淚，讓自己的情緒得到釋放，再去追究數年前的悲劇，顯然無聊又殘忍。

基本上她們根本沒帶行李，一起從晒衣竿取回自己的衣物換上，便算是將行李準備完畢。

恐怕永遠不會再回來了，露恰偷偷觀察著石虎的神情，試圖從中間找到未曾說出口的真相。不過正如石虎所說，原先鬱結在雙眉中央的壓抑真的淡上許多，露恰總算放下心中的大石。

她們到餐廳，老婆婆吃著白稀飯與兩罐罐頭，沒有多準備兩個碗。要不是先知道露恰與石虎要走，就是腦袋突然清楚，想起自己是獨居的狀態，用一個碗夠了。

站在餐桌邊，石虎應該是有話想說，卻遲遲說不出來。

露恰很有耐心，沒有催促、沒有出聲。

「阿財已經死了，妳再去養隻貓吧。」

「……」

老婆婆停下筷子，黯淡的瞳孔在晃動。石虎短短的一句話，似乎刺激了她混亂的神識。

嚥下口中殘留的食物，下一匙本該進入口腔的白稀飯遲遲沒動，一半像突然忘記現在正在用餐、一半像面對過多的資訊而腦袋轉不過來。石虎沒有再多說什麼，讓老婆婆依舊保持不動的姿態……

可惜，這片的靜默遭到不速之客的破壞。

石虎都已經牽起姊妹的手準備離開，與此同時，有人很不禮貌地推開平房的門，侵門踏戶地逕自走進來。

露恰怕冒充志工的行徑會被發現，從後方抱著石虎就往餐桌桌底躲去。下一秒，西裝筆挺的律師便進了餐廳，如入無人之境般悠然自得。

這種悠然自得出現在陌生人身上，是一件非常古怪的事……

「老婆婆早，我姓朱，是潤天建設的律師……至於名片應該就不用給了吧。」

「……」

老婆婆不發一語，回到原本的狀態，繼續吃著稀飯，一如往常對於家中突然冒出的陌生人毫無反應，也對躲在桌底的少女毫無反應。

「哈囉，請問有聽到我說話嗎？叫我朱律師就可以了，哈囉、哈囉？」律師面露厭惡的神色，低語道：「果然是病得很嚴重，還在這邊死撐著，不知道是為了什麼……」

老婆婆吃了一口麵筋。

「老婆婆，我今天是受建設公司的委託前來，打算提供一個很不錯的協議，妳可以一邊吃、一邊聽我講沒關係。」

律師的態度異常誠懇，一瞬間從瞧不起基層的上流人士變成不求回報的慈善家，桌底的石虎跟露恰又不是傻瓜，自然聽得出弔詭之處。

「是這樣子的，聽說妳沒有兒子可以繼承家產，社工也說妳沒有子孫照料，孤孤單單的，一個人住在這種荒郊野外很不ＯＫ，萬一有個危險，連救護車都要半個小時才能抵達。」

就算這番話律師說得並沒有錯，石虎卻怎麼聽怎麼奇怪，覺得有點像是懸吊在陷阱上方的雞腿。

「所以我們公司秉持著對於人道與長者的關懷，願意全額負擔妳住進養生村的費用。」律師說到正題，態度更加積極，「因為沒有繼承人的關係，這塊如此安逸、祥和的世外仙境，就會被政府接收給徹底埋沒了，那還不如交給我們這樣專業的團隊，來進行更有效率的運用。」

鱷魚總算是擦掉了眼淚，漸漸地張開血盆大口……

石虎聽不下去，打算衝出去阻止自己的家被染指。可是身後的露恰左手臂環住

她的胸部，右手臂繞住肚子，連雙腿都緊緊夾住腿側，幾乎整個人被固定住。

怒極攻心的石虎一感受到露恰的體溫，立刻連自己的體溫都升高了，背部感受著前所未有的柔軟，這股很生氣又很享受的巨大矛盾，讓石虎的唇瓣輕顫，食指懸在半空，像爬行的毛毛蟲扭動。

「我們發現這個區域可能是石虎的棲地，搭配上政府最近推出一個很棒的政策，為了推廣保育的概念，想要打造全臺獨一無二的石虎教育樂園。妳這附近的住戶個個開心得要死，我們潤天建設響應政府德政不願缺席，打算建造五百棟度假小木屋，讓房間租出去，觀光客住進來，當地發大財！」

律師說得眉飛色舞，彷彿一群小孩子跟一群石虎在草地上打滾玩耍的溫馨畫面已經被拍成廣告在各大媒體投放，連假時段的訂房早於三個月前額滿，一切歌舞昇平，銀行帳戶匯進來滿滿的錢。

破壞石虎的棲地，來推廣石虎的保育概念？無法用語言描述的諷刺，讓石虎的臉垮下來。

露恰怕懷中的姊妹失控，用溫柔的力道將其擁得更緊，下巴靠在石虎的肩，在耳邊輕輕地勸道：「先忍耐……」

石虎快要氣壞了，可是最弱的耳朵傳來一陣溼熱的氣，身子有點發軟無力。過於衝突的兩股情緒在體內交織，令她窘迫得眼眶泛酸、手足無措。

「我們誠摯地邀請妳，一起為石虎貢獻心力，當然我能理解老人家要出錢出力有難度，但請別擔憂，這塊地就能提供極大的力量，妳只要交給我們處理，然後住進五星級養生村頤養天年即可，放心。」

聽律師說這麼久，老婆婆終於抬起頭，第一次正眼看著陌生的訪客。

「來，我們這邊有提供一份合約，妳可以隨便看看。如果有問題的話，剛剛好，我就是律師，能夠第一時間為妳解釋。不用擔心，在簽字之前，我一直都在。」

露恰與石虎的心臟頓時一緊，誰都知道老婆婆的神智不清楚，如果在意識錯亂的情況下簽字，那該怎麼辦？

原本是想躲起來的，但事到如今，已經不能再躲下去……

「你講完了嗎？」老婆婆含著筷子問。

「大致上就是這樣，至於合約比較細節的地方，我們可以再慢慢討論看看。」律師堆起成交前的親切笑容。

「既然講完了，就滾出我家。」

律師氣極敗壞地走了。

會沉不住氣的原因很簡單，從一開始他就掌握許多資料，得知土地所有權人的精神有問題。而且最妙的是，老婆婆不願意就醫，沒有失去判斷能力的證明，所蓋的章與簽的名都有法律效力……無論從哪個角度來看，這絕對是最可口的軟柿子。

依自己的三寸不爛之舌，要說服一個老婆婆還不是輕而易舉!?誰能料到，自己會被拖把活生生給打出來，在這個剎那，律師甚至懷疑得到的資訊有誤，老婆婆根本是在演戲。

這樣的想法同時存在於露恰的腦袋中……當老婆婆說出滾這個字時，神智一定是非常清楚的，混濁的瞳孔忽然炯炯有神，不像是身患疾病的狀況，一點都不像。但是當律師被趕出去，再到老婆婆坐回餐桌、把早餐吃光光的一系列過程中，又再度將跟陌生人無異的石虎與露恰當成空氣，回到病入膏肓的神態。

石虎與露恰各自苦思著自身的問題，一同走到了大門。

她們再跨出去一步，就是馬路了。

露恰先停下腳步，極有默契地，石虎也停下腳步。

「露恰，妳剛剛也聽見了吧？」

「嗯。」

「這樣的話，我、我想……」

「我們留下來。」

「等等，妳怎麼會？」

「對，我知道，而且我也認同妳的想法。」露恰認真地說：「這些大人物的決策，我們這些微不足道的小角色根本無可奈何。可是，最起碼，我們能阻止律師欺騙老婆婆。」

「妳……」石虎勉強地出了聲，旋即撇開頭去，嘟囔道：「幹麼隨便預測人家的想法……討、討厭欸……」

「路見不平，當然要拔刀相助。」不過露恰沒說的是，這間平房、這塊山坡地還隱藏關於石虎的祕密。

如果石虎的心有一道不管過去多久都不會癒合的傷口，那唯一的解藥就藏在祕

密當中。

假設石虎的傷口能夠痊癒，那她就有可能解除心防，願意接受人類，進而成為真正的人。

「原來只、只是正義感……嗯，謝謝……」石虎依然沒有回頭。

「那，車上有我的包包，妳幫我拿過來吧？」露恰將口袋的車鑰匙扔過去。

「好，晚點一起去買生活用品。」

「知道。」

石虎朝馬路走去，露恰抓緊時間進到平房，找到正在洗碗的老婆婆。

無法表明石虎與自己的真實來歷，露恰不可能傻到說明阿財與石虎的關係，只能先編撰出一個比較不被懷疑的身分……

「老婆婆，多謝妳願意收留我們兩個。」

「……有嗎？」

「當然有，昨天的社工阿姨不是要我們住在這，方便照顧妳的生活起居嗎？」

「走開，我不需要被照顧。」

「那妳的女兒呢？」

「女兒……」

「對，女兒嫁出去了，會回來幫嗎？」

「嫁什麼嫁，我不同意……我不同意……」老婆婆滿布皺紋的臉，又有些渙散失神，「雨下這麼大，還想跑到外面去……」

「雨？」露恰看一眼窗外，晴天。

「不要想到處亂跑，乖乖待著。」

「我？」

「不然我說誰？妳當我發神經呀。」

「是的，是我。」

「妳不要再想那些有的沒有的，男人沒了就沒了，不重要。」

「所以妳女兒真的嫁出……不不不，是我嫁出去了？」

「嫁出去就不再回來。」

「……」

「反正妳也不會想回來。」

老婆婆說完這句，臉上的皺紋似乎加深不少。

露恰越聽越是茫然，顯然老婆婆恢復正常的時間已經結束，目前說出來的話顛三倒四，邏輯與時序也非常跳躍，彷彿有四、五件事情全混在一起談，又或者剛剛聽到的根本是徹底虛構不存在的妄想。

不如先說回正題……

「老婆婆，那我們可以多住幾天嗎？」

「不要、不要。」

「我們可以幫忙清潔環境……以及幫忙照顧阿炭跟阿財喔。」露恰豁了出去，孤注一擲。

「阿炭已經死啦……」老婆婆停下手，任由水龍頭水流，「阿財、阿財倒是很調皮搗蛋，傷腦筋。」

「喔？為什麼？」

「養了這麼久，脾氣還是凶巴巴的，我不過是摸個幾下，張嘴就要咬人。」

「真令人傷腦筋呢。」

「不過她的毛……真是好摸，不像一般的貓，太軟。」

「沒錯、沒錯，真的超～好摸，我愛不釋手。」露恰笑了起來，模仿起歐貝爾的語調。

「可惜，不安分，有時候跑進山裡玩，一去就是好幾天，害我擔心得要死。」老婆婆在抱怨，嘴角卻微微上揚。

「對啊，我也希望她出門前要說一下，免得大家會擔憂。」

「過幾天回來，還會叼著臭老鼠或是不知道有沒有毒的蛇，把我嚇得半死。」

「這、這這也太糟糕了吧。」

「可不是嗎……有時候真的好想打牠個幾下，但有的時候又覺得牠終究是心向這個家的……捨不得打。」老婆婆打開了話匣子，「我們家的阿炭老了，跑不動、跳不起，所以家裡的野鼠變多，連蛇呀、怪蟲呀都到處亂跑，後來是多虧阿財，才又重新控制住。」

「阿財真是能幹。」露恰微笑。

「的確是比阿炭能幹……」

「既然是這樣，妳們又怎麼捨得遺棄她呢？」

「……」

露恰的微笑不變，夾帶著些許的冷意，輕描淡寫說出來的問題卻無比尖銳。導致老婆婆先是一愣，狐疑的雙眼觀察著眼前的少女，面對這個問題耗盡了整整二十秒鐘，還是無法從記憶中提取出正確的答案，腦袋裡像是無數的電視雜訊，其中顯現著女兒的訂婚婚宴、阿財躺在門口晒太陽的模樣……沒有連貫，全是破碎的片段畫面。

「我不過是隨便問問，妳不用在意……」

「阿財，總讓我感覺傻裡傻氣的。」

「這正是她可愛的地方哦，在某些事情上很精明，在某些事情上又笨笨的。」露恰掩嘴一笑，現場的氣氛頓時輕鬆起來。

石虎恰好提著包包進來，好奇地問：「妳們說誰笨啊？」

「啊，沒事、沒事。」露恰心虛地揮手。

老婆婆總算是將碗洗完了。

盤腿坐在後院的草地，露恰與石虎開了一場戰略研究會議。

之所以會選在這種半開放的地方，是因為石虎堅信接近山，才能獲得山的智慧。不過露恰倒是打從心底覺得，石虎一定暗暗期盼著能夠再見同胞一面，才想把握所有的機會……

能夠見到同胞是多珍貴的事，露恰羨慕地想起遙遠的故鄉，即便記憶有些模糊，依然是映出了妹妹的模樣。

「喂，妳有沒有在專心呀？而且……還突然笑起來。」石虎突然道。

「我？」露恰回過神。

「有，而且還笑得很、笑得很……幸福。」

「我嗎？」

「對。」

「妳看錯。」

「有心事，我嗅到味道了。」

「那我讓妳聞看看，過來吧。」

「不、不行……」石虎連忙挪動屁股，離得遠些之後才驚覺自己被戲弄了，氣惱道：「妳能不能認真一點。」

「好好好。」露恰正色道：「不過，如果要集思廣益，我們需要歐貝爾的力量。」

「那個矮冬瓜有什麼用？」

「臺灣黑熊可是擁有整座中央山脈的智慧。」

「……」

「我們不是一體的嗎？」

「妳說一體，我就會想到那個亂七八糟的瀕臨絕種團。」

「明明是個很有趣的名字。」

「只要是歐貝爾講的，妳哪次不是贊同，真偏心……」

「亂講。」露恰不管石虎的抗議，逕自用充飽電的手機撥電話給另一個團員，啟動擴音。

「喂，妳們到底跑到哪去了？怎麼可以丟下我一個？妳一定是跟石虎在一起對不對？真偏心！犯規，不公平！」歐貝爾立刻啪啦啪啦說個不停。

「妳們兩個總說我是偏心，那我到底是偏誰啊？」

「當然是她！」」石虎與歐貝爾異口同聲。

「真不愧是一起長大的姊妹，默契十足。」

「哼！」

「同步率百分之百呢。」

「誰跟她同步？」

「……」

「妳不要再學我說話。」

「妳們不要再表演雙口相聲，先冷靜下來聽我說，目前的情況是這樣……」

控制住逐漸鬧騰的場面，露恰迅速用清晰平穩的口條，把整起事件的來龍去脈講述得清清楚楚，還加上自己對局勢的分析，以及描述老婆婆時好時壞的病況，再技巧性地淡化石虎不願觸及的過往。她深信當石虎準備好了，一定會親口告訴歐貝爾，現在還不是時候。

一番話說完，手機尚在通話，彼此卻沒了聲。

石虎雙手緊緊握拳，覺得自己實在是很不要臉。老婆婆遭到建商迫害的問題，其實是直接牽涉到同胞生存，當然跟死亡連結有高度的關聯。簡單來說，假設這片珍貴的棲地再被毀壞，僅剩不多的同胞數量會再下降，死亡連結發動的機率會筆直上升……

然而，歐亞水獺與臺灣黑熊也在遭遇這樣的危局，沒有義務無條件地協助自己……石虎依然沒聽見歐貝爾吭聲，知道自己一定是讓她為難了。

明明什麼話都沒說的沉默，卻讓石虎感到不安與難堪。

「沒、沒事了，過幾天，我們就回去。」她尷尬地切斷通話。

「……」露恰阻止不及，「妳總要給她思考的時間。」

「不行……我不想拖歐貝爾下水……」

「我們是一體的吧。」

「歐貝爾有自己的夢想，要成為偶像需要分秒必爭的練習……我不能因為自己的私事……對，不行、不行……」

「唉。」露恰短嘆一聲，雖然早知道貓科動物的性子太過彆扭，依舊沒想到會死心眼到這種程度。

這後院連結著廣闊的山坡地，是屬於大自然的一部分，綠意盎然。

喚不出名字的鳥類與蝴蝶，在空中翩翩起舞，鳥語花香。

草地上的爬蟲類汲汲營營地移動著，某隻瓢蟲正好停在石虎的頭頂，石虎毫不在意，反而羨慕起眼前的一切，彷彿這個世上根本沒有煩惱這種東西。

「我覺得，妳似乎是小看了歐貝爾……」露恰搭著石虎的肩。

「那個矮冬瓜只要顧好自己就行。」

「妳想想，臺灣這塊土地上，有這麼多瀕臨絕種的動物，為什麼白衣神偏偏讓我們三個一起重生？還指引櫻姊找到我們。」

「就是碰巧吧。」

「白衣神是製造奇蹟的存在，不會是碰巧。」

「不然呢？」

「因為我們三個，是命中註定的。」

「……妳這說法，比碰巧更沒科學根據。」

「我們有一樣的傷痛，面對著一樣的困境，並且具有互補的個性。」露恰輕輕地說：「所以我們必須在一起，命中註定。」

聽見「傷痛」、「困境」、「命中註定」這些強烈的辭彙，石虎單薄的身子一震，用同情的眼神偷偷瞄著露恰。

露恰似有所感，迅速地回望一眼，石虎羞怯地撇開臉去，假裝什麼事都沒發生，但發燙的耳垂與脖子還是露了餡。

不想再捉弄石虎了，露恰拉回主題，建議道：「老婆婆的病看似嚴重，實際上是有一段時間能恢復正常，如果我們能探知更多訊息，在對抗建商的方面就更有力。比方說，有個遠嫁的女兒能即時趕回來，律師就不敢把老婆婆當成是獨居老人任意欺負了。」

猛然抓住露恰的手，石虎震驚地說：「妳怎麼知道她有女……」

砰！寧靜的後院炸起一團火花！

露恰反射性地抱住、護住石虎。

砰砰砰砰轟砰砰砰轟砰砰砰砰砰砰……

砰砰砰砰轟砰砰砰砰砰砰砰……

轟轟砰砰砰砰砰砰砰轟砰砰砰砰轟砰砰砰砰轟砰！

至少有七、八串廟會用的鞭炮被扔進後院，炸得整片碎屑、灰白的煙硝瀰漫，巨大的爆炸聲反覆在山巒迴蕩，驚起一列又一列的飛禽、驚動一隻又一隻的走獸。

砰砰砰砰砰砰……

轟轟砰砰砰砰砰砰砰轟砰砰砰砰砰……

砰砰轟砰！

後院再無安詳、再無寧靜，支離破碎。

石虎擔憂地詢問露恰道：「妳、妳沒事吧？」

「我沒事。」露恰拍拍身上的紙屑。

「好，等我。」

石虎並沒有解釋自己要去何處，逕自奔向鞭炮扔進來的方向，完全不顧會不會有未知的危險等著自己，勇氣十足地想追出一個真相、想討回一個公道……

不幸的是，老婆婆的家之外什麼都沒有。由碎石子鋪成的小路連個足跡都找不到，她正扼腕來得太慢沒見到凶手的樣貌，沒想到眼角餘光中的一塊紅色進入視線，迅速地轉頭，整片矮圍牆全是紅色的。

是紅色的油漆，然而在石虎眼中，卻是充滿警告意味的斑斑血跡。

惡劣又直白的警告「不願意走，就鬧得你雞犬不寧」。她瞪著宛若屠殺過後的血

海，氣得渾身上下都在發抖。

露恰與老婆婆也一起出來，一同見到整面的紅漆，出現的是截然不同的神情。老婆婆什麼都沒表示，一如往常的麻木，打算去提桶水，看能不能刷得顏色淡些。露恰不同，沒有要動的意思，眼神冷冷的，眼角的淚痣像要凝結成冰，連平時的招牌笑顏都不見蹤跡。

「欸，妳背後的衣服怎麼被燒破幾個洞？」石虎的語調高了八度。

「沒事，我檢查過了，幾個小洞而已。」露恰根本不在意。

「才不是沒事！妳的背……」石虎的心擰成一團，糾結地說：「有好幾個紅腫，快、快快，我們去醫院。」

「不過是幾個小火花，不重要。」

「都受傷了，還說不重要？那到底什麼是重要的！」

「現在最重要的，當然是對付這些可惡的壞蛋……」

露恰用手指抹了抹矮圍牆，讓指腹也染上如血液的紅色。

經過一午的探查與一晚的推敲，大概整理出整起事件的來龍去脈。

這塊山區近期被發現是石虎的棲地，政府異想天開地想建立一個石虎教育樂園，理所當然吸引建商先行獵地插旗，想將附近不值錢的土地收購一番，等待未來觀光客入駐，必有增值的可能性。進可建成飯店、餐廳，退可高價轉手售出，進可攻、退可守的生意當然不能錯過。

區域當中，有九戶人家，裡頭的七戶已經答應律師開出的條件，有一戶早移居國外，遲早會聯絡到。最後一戶自然是老婆婆了，在這之前律師至少試圖說服老婆婆四、五次，得到的回應不是掃把就是臭口水。

建商不可能容許自己努力增值了土地價值，其中卻有一塊是外人的，這等於無償替老婆婆增加兩倍甚至三倍的資產，酬勞是外面市價五倍以上的律師必然要擔起責任。他所擁有的技能可不只是正常途徑的訴訟，各種見不得光的黑色手段才是真正的專長。

昨天八成是律師找了小混混，開車到矮圍牆邊，悄悄地潑上整面紅漆，再朝後院扔進鞭炮，隨即駕車逃逸……神不知鬼不覺地送出不言自明的恐嚇。

「只能報警了……」露恰雙手抱著自己豐滿的裸胸，下了一個無可奈何的決定。

石虎的手指沾著一坨燙傷藥，細心地替露恰後背的點點紅斑上藥，也無可奈何地說：「他們很賊，潑紅漆又扔鞭炮，隻字不提賣地的事，警察頂多就是當作惡作劇處理吧。」

的確，露恰並沒有多少的把握。

石虎更加愁眉苦臉了，尤其是見到那些小小的紅斑，更是難過得想咬死那些壞蛋。她每抹一下，嘴巴都會悄悄念著「不要留疤」，像是一種希望，也像是一種咒語，希望傷口快快痊癒，不要有任何的痕跡。

上完藥，兩人也參詳不出什麼更好的方法。露恰穿回內衣與上衣，坐在床邊，又開始想要從老婆婆或者是石虎的口中，套出嫁為人婦的女兒目前的狀況，或者是緊急聯絡方式。

老婆婆的精神時好時壞，要抓緊時機的難度很高，而石虎顯然就是被這個女人所遺棄的。一切的怨恨、痛苦、哀愁的起源都歸於同源，要問出來恐怕不容易，更何況，要石虎再回憶過去的傷心事，露恰根本就捨不得……

「我說過多少次了，叫你滾！」房間之外，忽然傳來老婆婆的大罵。

「這麼快又來了？」石虎立刻衝出房間。

露恰緊接著衝出去，七、八個男人已經站在屋外，個個面露不善，凶神惡煞的樣子。

該來的，終究是來了。

當律師大剌剌地帶人上門，恰恰證明石虎和露恰所有的推敲、探查都是正確的，黑色的爪牙已經毫不掩飾地伸進本該安寧的平房。

就算石虎自然而然地守在老婆婆身前，擺出絕不退讓的戰鬥姿勢，露恰也不覺得一隻石虎與一隻歐亞水獺能夠靠力氣解決難題。目前只能寄望老婆婆的精神狀態正常，才有辦法用土地所有權人的身分驅趕律師；反之，要是老婆婆仍是迷迷糊糊的，說不定真將契約書簽下去，造成無法挽救的後果。

拜託，一定要是清醒的，她一面祈禱、一面往好的地方想，至少老婆婆能夠分辨出敵人是律師……

老婆婆怒喊：「滾滾滾，早就說不訂報紙了。」

「「唉……」」石虎與露恰同時嘆氣。

「別這麼說嘛。」律師堆起親切的笑，「報紙妳早就訂了，現在是報社派我來，要回饋妳一臺瓦斯爐，所以需要簽幾個名，還有身分證、房契、地契都需要讓我記錄。」

「喂，你是在騙誰啊？」石虎忿忿不平，「送禮還需要交房契、地契？」

「是啊，別以為我年紀大就會被騙。」老婆婆精明道：「瓦斯爐呢？」

「拿出來呀！」石虎讚聲。

「咦……這、這個……」律師苦惱地說：「禮物不是已經拿去用了嗎？幾天前，不是煮了粥？」

「原來是你送的。」老婆婆恍然大悟。

「不對吧！」石虎差點崩潰，「那臺瓦斯爐從我在的時候就已經在用了啊！」

本來老婆婆想說既然收了禮物，那理所當然要幫人家簽收；正要接過律師遞過來的紙與筆，幸好經過石虎的提醒與露恰的輕扯，察覺到有不對之處，但究竟是哪裡不對，一時之間也說不上來。

一樁很簡單的工作被搞得很麻煩，律師收起虛偽的笑容，表情變得很厭惡又很不耐煩，不解地問：「妳們到底是誰？」

「孫、孫女。」石虎依然維持戰鬥姿勢。

「不對，我查過了，老婆婆沒有孫女，無論是內、外孫都沒有。」

「是……是沒有登記的。」

「既然沒有登記，那就是乾孫女吧，在法律上完全沒有意義，讓開。」

「不讓！」

「……真的很古怪，像妳們這般年輕貌美的女孩子，不在都市裡看看電影、逛逛百貨公司，不遠千里特地跑到這種偏遠山區，究竟是圖什麼？我在想……妳們該不會是對手派來的人？不過，再怎麼樣都不可能派出這種乳臭未乾的小鬼吧？」

「別把我們說的跟你一樣！」

「我告訴妳，人類做任何事，都一定有企圖，表面上裝得越正氣凜然，私底下就更加腐臭不堪，妳們平白無故絕對不會跑到這種地方來。」

「胡說八道。」

「妳們也想貪圖什麼吧？年紀輕輕的，就懂得找上未記錄在案的失智症患者，嘖嘖，前途真是不可限量。」

「我們才不是這樣。」

「想找到老人家藏的金項鍊或金條吧？還是積蓄多年的私房錢？沒錯，很聰明，說不定她早就忘記自己曾經藏過，連報警協尋的想法都沒有，安安穩穩地進到妳們的口袋。」律師十足嘲諷地拍拍手。

「人類邪惡的做法，我們不屑去做！」

「別再裝了，妳們莫名其妙地出現，如果無利可圖，為什麼不乾脆去超商打工？」

「我就是在超商工作啊。」

「行行行，不必在我面前編故事了，這樣子吧，我給妳們半個小時，想拿什麼就拿什麼，現金、金飾、信用卡、存摺……隨便、隨便，我絕不干涉，什麼都沒看到，同理，也請妳們不要再裝模作樣。」律師輕蔑地揮揮手。

「不要汙衊我們！」石虎快氣瘋了。

露恰輕輕拍石虎的背，挺身而出，侃侃而談地說：「既然如此，凡事有個先來後到。」

「喔？沒問題的，妳們先到，理所當然先取。」

「其實……老婆婆這塊土地與這間平房早已經賣給我了。」

「哈哈哈，小妹妹，妳才幾歲，成年了嗎？」

「剛成年。」露恰亮出嶄新的駕照晃了晃。

律師一時之間沒想到駕照十八歲就能考，也不可能有鷹眼能看清楚駕照上印有出生日期的小字，若無其事地笑道：「給我來這招。呵呵，就算成年，妳有錢能買地買房嗎？」

「老婆婆感激我們對她無微不至的照顧，已經答應用私人借貸的方式，讓我分五十年期慢慢還款。」

「說、說什麼笑話，五十年之後，這房子都風化了吧！」

「我無所謂喔。」露恰聳聳肩。

「五十年，這老傢伙也死了啊！」

「看老婆婆保養得好，說不定能吃到一百三十歲呢。」

「哼……好，但口說無憑，妳有合約嗎？」律師強忍怒氣，陰厲地追問。

「沒有，不過我與老婆婆有君子之約，等一個黃道吉日簽約。」露恰咧開嘴，燦爛地笑了。

「行、行行，現在年輕一輩的小騙子口才真好。」

律師雖然久經沙場，深知情緒絕不該有起伏，可惜抽搐的臉部肌肉依舊透露出真實的反應，被年紀輕輕的小鬼頭戲弄，才是情緒快要失控的主因。

另一邊的石虎就沒想過上輩子都活在河裡的歐亞水獺可以這樣能言善道，看著律師吃癟的表情，再看向露恰時不免兩眼放出崇拜的光，彷彿替其套了一層閃閃發亮的濾鏡，心裡除了欽佩之外，更多的是對她雲淡風輕就能抵擋人類的憧憬。

哪像自己只能毫無意義地發怒，沉不住氣，除了罵人跟打人之外，沒有其他能實質帶來幫助的做法，石虎越想越是失望，連定在露恰身上的雙眸都顯得心虛……咦？不對，石虎察覺到了，其實露恰並不如表面看起來這麼堅強，似乎在擔憂著什麼。

正如石虎所料，露恰最擔憂的事發生了。

律師不愧是見識廣闊、思緒極快，立刻找到最大的破綻，邪邪地說：「如果真有君子之約，ＯＫ，讓老婆婆親口承認啊。」

的確，沒有白紙黑記下，至少也要有口頭承諾，也就是說需要老婆婆配合演出……不然，最起碼不能胡言亂語。

「吵死人，亂七八糟的，什麼鬼東西。」老婆婆踏著斷斷續續的步伐，開始在自家前院繞圈圈，神經兮兮的。

「說啊，讓這個老不死的傢伙開口承認啊！」律師咄咄逼人。

「……」露恰無計可施。

「我就說吧，妳們這些小騙子，就是趁老婆婆的腦袋壞了，想趁虛而入騙財、騙房、騙土地。」律師甩甩手，很輕蔑。

「你根本是在承認自己的企圖。」露恰依舊沒有退讓。

「別再說些沒意義的話了，在我看來不過是小孩子的耍賴。反正，老婆婆就在這裡，讓她親口說要把房子、土地賣給妳們，我馬上帶朋友走人。」

一方的自信之言對上一方的劇變臉色，情勢很快地失去平衡。

「……」「……」石虎、露恰知道這是不可能的，憤憤不平卻沒有退路。

「對，我賣給了她。」老婆婆突然開口。

「幹！」律師爆出粗口。

「……啥？」「……啥？」露恰與石虎困惑地互看一眼，旋即笑了出來。

老婆婆繞著前院是為了找到多年沒用的鐵鍬，準備一個一個捅死這些律師帶來

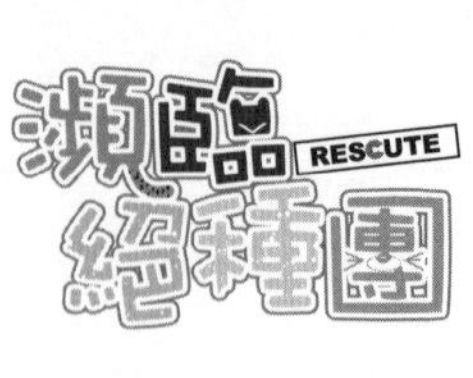

的人，雙眼放出銳利的鋒芒，雙手雙腳孔武有力，哪像是神智不清的老人？

「妳一個好好的病人不當，偏偏在這種時候給我添亂！」律師暴跳如雷，無法接受現場的狀況超出自己的掌握。

「老娘高興賣給誰就賣給誰，你管這麼多？」

「老傢伙，我們潤天建設要妳的地，是給妳一個安養晚年的機會，這兩個小騙子擺明是要空手套白狼，妳的腦袋要清楚就請給我徹底清楚！」

「想被誰騙，也是我高興就好。」

「妳覺得這兩個小騙子有辦法照顧妳後半生嗎？她們這麼年輕，要錢沒錢，要人沒人，莫名其妙出現在妳家，難道會沒有鬼嗎？拜託用腦想想。」律師強調道：「我們是真的提供五星級的老人養生村，擁有專業的醫療照顧，讓妳住到死為止，一切都有專人打理。」

「除了這塊土地，我偏偏沒興趣死在別的地方。」老婆婆不在意。

「好，夠氣魄。」律師油裡油氣地反諷道：「妳情願被兩個小騙子耍著玩，也不願意接受有牌律師與上市企業的善意，好啊，真的很棒。」

「你才是騙子，什麼善意根本在亂講。這片土地是多麼大的資產，上面曾經發生過許多珍貴的故事，隨便算一算就知道不划算。」石虎很想喊出無價之寶，但她明白人類社會中，凡事都有個價格。

這是真的，律師也是奉行這條至高無上的真理，所以當他發現眼前的商品沒有價格，或是對方根本不願意談價格的時候，會覺得真理被破壞了，過往的社會經驗被顛覆，否定了自己的工作範疇，讓他格外的惱火。

所以，為了預防這種狀況，他帶了很多「朋友」來。

原本這些朋友，最大的用途就是站在背後，來增加自己談判的氣勢，卻沒有想到真的有派上用場的一天……

「算了，懶得再廢話那麼多，把這兩個小騙子綁一綁丟到田裡。」律師手一揮。

這些朋友意興闌珊地登場了，根本就沒有將兩位年輕的少女放在眼裡。估計不用動手，光是走近一點，就可以聽到清脆的尖叫以及慌亂的逃竄，事情就是這麼簡單，工資就是這麼好賺。

「來啊！」石虎連退都沒退，齜牙咧嘴的，展現出守護家園的意志。

相同的，老婆婆也扛著鐵鍬，沒有半點想要退讓的意思。

露恰相對冷靜，一手抓著石虎、一手抓著老婆婆，深知雙方真的打起來，吃

虧的一定是人數少、體格差、力氣小的那一邊。問題是現在的情勢已經不可能再有除了暴力以外的方法，她的雙眼漸漸變得冷漠，懷疑為什麼這樣子的狀況，會一而再、再而三發生。

自己依然無能為力……氣氛緊張。

七、八名大漢一同逼近，露恰感受到自己的弱小。

「哎呀呀呀呀呀，打人了，你們打到我了！」

突然有一個個頭矮小的黑影竄出，無賴地躺在地上打滾，一手高舉自拍棒，一面放聲尖叫，宛若手機拍攝的是殘忍的命案現場。大漢們一起愣住，沒想到出現在眼前是個嬌小的女孩，估計十四歲上下，頭上綁著兩團稚氣包包頭，卻有幾分慌張與凌亂，少了本來可愛的味道。

露恰跟石虎當然清楚眼前的嬌小女孩就是歐貝爾……可是搞不清楚她怎麼能這麼快找到這裡？

「嗚嗚……你們是壞蛋！居然、居然打我……」歐貝爾泫然欲泣，噘起嘴脣，指控律師與大漢們。

ON AIR
戀愛了謝謝！
我的寶貝發生什麼了??
哎哎??!!!!!
誰欺負我們家的熊寶了！

雖然應律師的要求，跑到偏鄉地區來協助排除「惡意的釘子戶」，但大漢們正職工作是建築工人，根本不是流氓或小混混，其中大半有正常的家庭，甚至育有和歐貝爾差不多大的女兒……所以，彼此互視幾眼，互相責備是哪個不小心的白痴粗心大意地撞傷可憐的小女孩。

想當然沒有人承認，因為沒有人碰到歐貝爾……

「嗚啊啊啊啊……我的、我的肋骨斷掉了……嗚嗚……」歐貝爾一手持自拍棒，手機繼續拍攝、一手按著大腿，哭哭啼啼的。

「妳他馬的，肋骨是長在胸口啊胸口！」律師真的氣得不輕。

即便是很糟糕的演技依然讓大漢們一一不捨，難免自責了起來，雙腳釘在原地，再也沒有往前一步。

「喂！你們還杵在那幹麼？看戲啊？」律師破口大罵，「一群蠢貨，難道看不出這三個小騙子是一夥的嗎？」

大漢們實在無法對楚楚可憐的小女孩動粗……

「我提醒一下你們收錢不辦事的下場，明天工地主任會一一打電話通知你們去領資遣的費用。各位拜拜，去找新工作吧，記得要跟家人解釋清楚喔。」

聽到律師的恐嚇，為了家中的生計著想，有些違背良心的事不得不做。大漢們依靠多年來工地合作培養出來的默契，想把三位少女先帶離前院，帶到休旅車裡面，請她們吃一些飲料、零食，等到律師的正事辦完，就可以放她們走。

這是兩全其美的方法，問題是，歐貝爾不這麼想。

「統統不准動！」歐貝爾擦掉眼淚，正經八百地說：「看見我的手機了沒？現在正在直播呢，你們的惡行惡狀會有幾萬人同時看見！」

「呵呵。」律師完全沒當一回事，「笑死人了。」

「他們是潤天建設公司的打手，大家記得從網路上找到他們的資料，尤其是這個律師，最糟糕、最壞了！」歐貝爾對著直播的觀眾大喊。

「妳……」律師當然不在意無所謂的直播，但是他在意公司的名稱被大肆宣傳。要知道，潤天建設是一家上市公司，平時不知道砸了多少錢請明星代言、四處投放廣告，就是為了營造自己的品牌形象，如果說自己讓珍貴的公司形象受傷，上面的人絕對會大動肝火。

不過，這件事情也不能就這樣算了。

「後退，全部給我後退！」歐貝爾舉高手中的現代化武器。

律師絕不是什麼鄉巴佬，很懂這些年輕人的玩意，當然懂得其中的關鍵，輕蔑道：「開直播有什麼了不起，只要有手機就能開。」

「哼哼，我和你不一樣。」

「真是可笑，真的以為妳的直播有多少人在看？五個？五十個？別鬧了。」

「不多，大概是幾千人同時看見你們的惡形惡狀而已。」

「幾千？不愧是小騙子，還騙？」

「對。」

「妳他馬以為自己是大明星啊？」

「我們不過是個小小的地下偶像團體，你可以搜索看看瀕臨絕種團這個名字。」

「根本沒聽過，愚蠢、逗趣。」律師是真的打從心底笑出來，對方的行為就跟自己六歲的兒子一樣，拿把槍就說自己是警察，本質上來說全是扮家家酒罷了。

「沒錯，我們的努力不夠，沒有很高的知名度……」歐貝爾緩緩地摘下夾在自拍棒的手機，雙眸中蘊含的是與嬌小個子全然不匹配的力量，「可是要讓全世界看見潤天建設的醜態，已經足夠。」

「是嗎？呵呵。」

「是喔，讓潤天建設見見我們粉絲的數量……」

歐貝爾再強調一次對方的公司，慢慢拿起手機，翻面，讓對方見到小小的螢幕。

「象徵我們不屈服惡勢力的手槍，刷起來！」

超乎想像……

真的有幾千人聽見歐貝爾的號令，聊天室一整排手槍的表情符號綿延不止，其中夾雜的臭罵與打抱不平更是沒完沒了。整整三分鐘、五分鐘過去沒有半點要停止的意思，一大群人的一大團怒火，像是要讓整臺手機燃燒起來。

微小的、不起眼的，甚至根本沒有實體的手槍，一樣能射出成千上萬發的子彈，將律師直接轟成蜂窩。他凝固的笑容已經持續五分鐘以上，因為他明白這些不存在的手槍和兒子的玩具槍是截然不同的概念，是真的會死人的……依上千人收看直播之後的散播力，最快今天晚上的新聞就能見到自己此刻的臉。

律師這個職業影響了他長年的思考習慣，腦中會有一架無形的天秤來判斷「值得」或「不值得」，假設自己對手無縛雞之力的少女與老婦動粗的事真的鬧大，被公司開除其實無所謂，反正自己無論如何都能找到新工作，可是妻子與兒子呢？有辦法經歷這樣的風波，承受外在的指指點點嗎？

「不值得。」

律師沒有意氣用事，也不願意再多說什麼，乾淨俐落，轉身就走。

傍晚的後院，景色是格外的美。

對露恰來說是從未見識過的。

本該是墨綠色的小山，在夕陽的照耀之下，如同燃起了金黃色火焰，但是沒有一絲的燥熱感。在鳥成群緩速飛過的同時，她只感覺到安詳的暖意，不燙的火、不焚的山，反而淬鍊出最平靜的瞬間。

忽然能體會老婆婆為何會說要死在此地了。假設歐亞水獺的滅絕不可避免，死亡連結的無情必然發生，露恰也想死在這裡，在這個後院，被這片夕光火化。

石虎倒是沒那麼多感觸，從小到大在這成長，所謂的美景早就溶進了血液中，不覺得有新奇之處。她與露恰、歐貝爾並肩坐在長凳上遠眺著青山，雙眼早早就失去焦距，滿腦子都在消化先前所發生的事，根本不及欣賞沒有新意的景色。

明明是身強體壯、人多勢眾的律師為什麼二話不說就走？偶像、粉絲、直播就會有這種力量嗎？石虎想不透歐貝爾是怎麼辦到的……

歐貝爾喝著索然無味的水，看著一大片的山巒經過夕日的曝晒，就像是一大塊灑滿金粉的巧克力，不免失神地舔了舔嘴唇，覺得肚子又餓了起來……恍惚之際連忙醒過來，想起自己是來興師問罪的，怎麼可以屈服於食欲。

「喂，妳們！是不是在排擠人家啊？」歐貝爾鼓起雙頰，埋怨道。

馬上吸引了兩位姊妹的注意力。

「不愧是全天下最偏心的歐亞水獺，一心一意就顧著這隻臭石虎，欺負我這頭可憐的臺灣黑熊……」

「亂講。」露恰只能苦笑幾聲。

「妳別怪她，這是我惹出的麻煩……」石虎淡淡地說：「笨熊就是笨熊，手無寸鐵的，還敢衝出來，萬一受傷該怎麼辦？」

「沒辦法，誰叫我們臺灣黑熊就是這麼有義氣。」歐貝爾拍拍平坦的胸膛。

「呿，有麻煩的地方妳就衝特別快，我們通完電話才多久呀？居然就到了。」

「因為妳們在電話中的語氣明顯不對啊，尤其是妳。」

「知道又怎樣。妳在傻傻衝過來的途中，難道有想出什麼辦法嗎？」

「我想不到。」

「笨熊，果然。」

「但是我先來再說呀。」歐貝爾講得理直氣壯。

「……」石虎張大眼，眼皮在輕顫。

「我們三個，從重生就在一起長大，這有什麼好驚訝的，我才奇怪妳們怎麼敢丟下我一個勒。」

「妳們不怕嗎……」石虎的口吻無比深沉。

露恰一聽，立刻握住她的手，透過溫暖的掌心覆蓋了石虎冰冷的手背，想用這個再平凡不過的動作，證明歐貝爾剛剛說的與等等要說的都無比正確。

「怕啊，但我們是親人吧。」歐貝爾說出一個跟一加一等於二一樣篤定的答案，擅自摸了石虎的額頭，暗示她的腦袋燒壞了。

石虎遲鈍得完全沒察覺，只是回過頭望著老舊的平房，宛若想透過這一眼，穿越不可逆的時間，去追尋過去也自稱親人的女人。卻赫然發現過去的記憶早就模糊不清，現在所記憶的，不過是由自己的怨念所幻化出的殘影，沒有美好，只剩哀傷的部分。

苦苦追求著上輩子言而無信的親人，忘記真正的親人早就在身邊……

於是，她笑了出來，自嘲著。

「完了、完了，石虎的頭殼真的壞掉了。」歐貝爾皺著眉。

「妳才壞掉呢。」石虎輕輕撥掉額頭上的手，不得不服輸地說：「妳到底是怎麼辦到的？手機為什麼會有這種力量？」

「不告訴妳。」

「死笨熊，真小氣！」

「那我也要問一個問題，妳要老實回答。」

「好，妳先說根本不存在的瀕臨絕種團，為什麼會有這麼多粉絲在看直播？」石虎挺起腰，相當好奇的樣子。

「我也想知道。」向來習慣靜靜待在一旁聽她們說話的露恰難得出聲，可見這個問題有多古怪。

「當然是……」歐貝爾充滿精力的口氣像被用塞子堵住，頹廢道：「假的啊……」

石虎目瞪口呆地說：「假的？」

「廢話，因為妳的關係，瀕臨絕種團遲遲不能出道，哪裡來的粉絲？」

「這、這個……誰會想成為我們的粉絲啊？」

「唉，笨貓就是笨貓……總之，在我們正式出道前，我認識超級超級多的人類朋友，也就是同好，他們來自各行各業，在網路上卻都有第二個身分，有作曲、作詞家、有舞蹈老師、化妝師、美髮師、服裝設計師，一大堆喔，認同瀕臨絕種團的理念，紛紛願意跟我們合作。」

「傻瓜！妳又沒錢人家怎麼會幫妳，這等於說妳沒帶錢到超商買飲料，一定會被我一腳踢出去。」

「因為我們有共同的夢想。」

當歐貝爾說到這裡，依然嬌弱的身軀卻在露恰的眼中閃出了璀璨的光芒，心臟情不自禁地劇烈跳動，雙手捧在心窩處，感覺自己快要融化了。

「我不懂，我真的完全搞不懂妳跟人類的想法……」石虎歪著頭。

「他們可以借由我們，讓更多人看見自己的作品；我們可以借由他們，讓自己變得更強。」

「就靠夢想？」

「對。」歐貝爾信誓旦旦。

「……不過，這跟一大群假的粉絲有什麼關係？」

「其中，我認識了一位電腦高手，他的工作就是專門幫人……衝人氣、灌水讚數、刷排行榜之類的。」歐貝爾嚴正聲明道：「我明白這是不對的，我只是需要……一點點的支援。」

「難怪……」石虎點點頭。

「沒辦法，實際上沒人認識我們，所以我們說的、做的，都沒有半點影響力。」歐貝爾說得很沮喪，連頭頂的兩團包包都塌下去，「我們可以站在街頭發傳單，親口對一個又一個人類闡述理念，增加我們族群延續的機會；然而，不管付出多少努力，無論說服多少人類，永遠都不如公眾人物的一聲號召。真的，永遠不如。」

「是嗎……」石虎的瞳孔在晃動，因為從未見過歐貝爾這樣的表情。

「而成為表演歌舞的偶像，是眾多不可能當中，唯一比較有可能的路……這樣說吧，假設我們真要在街頭宣傳，那先來一段唱跳，是不是也比較能聚集人潮呢？」

「……我不知道。」

「沒關係，我們是親人，之前這樣逼妳是我不對……」歐貝爾轉過身，緊緊地抱

住石虎，在全身僵硬的親人耳邊說：「對不起。」

石虎也反抱著歐貝爾，幽幽地說：「原本我是想跟妳道謝的，但我不會。」

「不用的。」

「對，因為我們之間的牽絆，根本不需要道謝，也不用道歉。」

「嗯……」

歐貝爾坐回原位，覺得鼻子有點酸酸的，同時見到眼眶泛紅的露恰在不斷地使眼色。

「喔對，妳得回答我的問題喔。」

「問吧。」

「妳跟這間平房到底是什麼關係？」

「我嗎？」石虎沒想到會是這樣的問題，稍稍遲疑，隨即釋然道：「我曾經是這個家的一分子。」

「妳？」

「對，我。」

「石虎……怎麼可能？」

「當時我很小……被當成虎斑貓養……」石虎害臊地發出警告，「如果妳們敢笑出來，信不信我撲過去直接咬？」

「噗不會啦，怎、怎麼會呢？現在是什麼時候了，我像是這種白目熊嗎？」歐貝爾大概只差零點五秒就笑出來了，全靠著機敏的反應硬生生吞回肚子。

「後來我就在這長大，直到養我的女人……她、她拋棄了我。」石虎說出這段過去，卻意外地發現自己已經沒有什麼積怨。

「老婆婆的女兒嫁出去了吧？」露恰恰到好處地提出自己的猜測。

那間整理乾淨的房間，代表老婆婆還在痴痴地等待女兒回娘家。

女人離去之前的吵鬧聲響，應該是人類婚嫁習俗必然的儀式，更何況那張老舊的喜帖，幾乎肯定了這段推測。

「是嗎……她結婚了？」

「有的夫家是不能接受貓狗的。人類家庭觀念相差很大，有很多的因素干擾與限制，像有的宿舍就不能養寵物，與妳分別很可能是不得不的選擇。」

「這我不會知道。」

「而且，妳是石虎不是貓，天生野慣了，要是搬進城市那小小的屋子，鎖進壓抑

的空間，妳一定會發瘋的。或許她的離去，也是對妳的體諒。」

「我不知道……我真的不知道……」石虎雙手掩面。

她的腦袋亂成一團，模糊的記憶經過重生早就破碎不堪，如同龐大的拼圖缺失了許多片，再怎麼努力都不可能拼成原狀。偏偏這痛苦的源頭一定得要解開完整的真相，否則她一輩子都會懷疑人類。

因為女人實在是太好了，所以當女人能夠絕情地說走就走，便讓石虎對人類的信任崩解……

「我知道。」老婆婆不知道站在她們身後多久了。

露恰、歐貝爾、石虎一起回頭，佝僂的身影在顫動。

「我女兒沒有拋棄任何人，她才是被拋棄的。」

「妳真的該好好跟他談談。」

「不用了，沒什麼好談。」

「婚都訂了，喜帖都發了……一場婚禮，得準備這麼多東西，是應該給人家一個交代。」

「能退的退，不能退的全扔掉。」

「唉。」

「扔掉。」

「剛送來的喜帖，不瞧瞧？」

老婆婆將一張大紅色的喜帖擺在桌上，觀察著女兒的反應。女兒連瞧都沒瞧一眼，老婆婆不免在心裡暗暗嘆息，女兒與無緣的女婿相識多年，真的有可能斷得這麼堅決嗎？

不過比起取消婚禮這種事，還有更重要的事需要擔心。

「沒什麼好瞧的。」女人說是這樣說，眼角餘光卻忍不住瞥向喜帖上大大的囍字。

這張喜帖沒被扔掉，被她藏在最深最深的櫃子內。

常常將不在意掛在嘴邊，仍避不掉心中最實際的想法，這是她一生中最脆弱的時刻，每分每秒都在期待能夠憑空出現一個依靠……不，說不定只要一個能夠一起靜坐在後院的對象就可以了。

女人沒想到一隻遍體鱗傷不知道餓多久的虎斑貓，會踉踉蹌蹌地出現在自己眼前，恐懼又警戒地吃著阿炭的食物。那徬徨的眼神跟自己好像，對於「活下來」的執念強得讓彼此產生了不可思議的共鳴。

虎斑貓清楚這麼靠近人類有危險，可是天生的求生意志，又不得不狼吞虎嚥，換得一線生機。

「沒錯，要活下來，沒有什麼比活下來更重要的……」女人不斷地說。

虎斑貓彷彿得到了語言的神奇力量真的活下來了，還擁有一個俗氣的名字叫做阿財。在一次又一次地光顧美味又無限量的貓食盆之後就乾脆賴著不走，跟全身漆黑如炭的阿炭分治這塊地盤，雙方勉強算是相安無事。

可惜，歲月無情，阿炭老了，避不掉逝去的必然。

女人痛哭失聲，久久不能自已。雖然遺憾阿炭的死，但又很感激神早就為此做好準備，讓阿財能夠來到家中陪伴自己，成為自己的家人。

為了履行承諾，她又在心中暗暗發誓，一定要永遠陪伴著阿財，無論有什麼狀況、無論遇到什麼困難都不分離。

承諾是有意義的，然而承諾不代表一定會做到。

有的時候，違背承諾並非食言，只是耗盡生命仍辦不到而已。

石虎以為日子會永遠這樣過下去，如同每天的太陽由東邊升起由西邊落下，一輩子都不會改變……她是真的將這間隱於山林的平房與後院的山坡地當成自己的家，女人是自己的親人，相依相偎得到真實的歸屬感。

從沒有想過所謂的永遠不過是一廂情願，世間最真的真理就是沒有永遠。石虎不會明白這麼深奧的道理，僅是憑本能感知到家裡產生了劇變。

根本沒料到一次再平凡不過的婚前健康檢查，會找到問題，而且還是危及生命的巨大問題。醫生很坦白地告訴女人只剩三個月的人生，如果投入積極的治療有可能延長到六個月。

女人連想都沒想，選擇出院回家。至於婚禮，她不想讓深愛的男人為難，被迫去與無緣的公婆決裂，於是很乾脆地取消這場喜事，全當成什麼都沒發生過。

三個月的時間，很短又很長……短是在短短的時間內，女人已經乾瘦得不成人形，精神疲憊難以入眠，四肢乏力無法行走，平時都是躺在房間，或者是坐在輪椅上，靜靜地望著充滿生命力的山。

她很痛，餘生不過是長達三個月的折磨。這段時間實在是太漫長了，甚至必須責怪神為什麼還不趕快將自己帶走……

直到有一天遇到了阿財，與喪禮無異的生活才總算添上生命的顏色，放棄的想法與無精打采的神色開始改變。她在等死的過程中，漸漸擁有期待。

期待阿財現身、期待阿財住下來、期待阿財能成為家的一分子……

結果遠超出醫生的預期，靠著這樣的期待讓女人活了八個多月。這不能算是醫學奇蹟，這只能算她到最後都沒有放棄，頑強求生的證明。

石虎當時趴在後院的一個角落休息，忽然聽見規律、嘈雜、尖銳的噪音，以一種非常快的速度朝這裡靠近。她感到驚慌失措，反射性地躲進草叢之中，露出一對眼睛觀察著平房的方向，整個背部的毛炸起，嗅著逐漸蔓延的不祥之味。

之後各式各樣的吵鬧聲音持續得非常久，其中包含陌生人的咆哮。她並沒有勇氣靠過去看，依然維持警戒的姿勢，等待所有的噪音結束，才慢慢地走進屋子裡，發現整個屋子沒有任何人，女人不在，老婆婆也不在……

這不是第一次沒人在家，但肯定是第一次貓食盆內沒有準備足量的預備糧食，久違的飢餓感當然令她不舒服，然而真正難受的卻是空蕩蕩的孤獨，孤零零的糟糕感覺持續了好幾天。

之後老婆婆回來了，充滿歉意地準備一頓大餐。石虎一邊吃、一邊四處張望，依舊沒見到女人笑吟吟地偷摸自己的毛，原本很討厭女人的碰觸，恨不得咬爛不屈不饒的祿山之爪，可是久而久之，莫名其妙的，居然也懷念起那雙溫柔的手。

石虎為此改變了生活習慣，本該待在後院草地上的悠閒時光，全拿來趴在前院不太舒服的碎石子路，死死盯著大門不動。她知道無論是女人或老婆婆都是從此進進出出，只要堅守在這，一定能等到女人坐著鐵椅回來。

一週、一月、一年、三年……石虎沒有背棄女人，還是傻傻地等待著人家，根本不知道女人已經病逝在醫院的加護病房，再也不會回來了。不斷地等待，不斷地失望……漸漸化為一種怨念，人類是不可信的，人類會趁著自己心防鬆懈，再無情地轉身就走，狠狠地傷害任何的期待。

她連老婆婆也漸漸疏遠，這間平房已經不是家，變得單純是能夠吃飽肚子的地方，多數時間都回到山坡地活動。

這段時間，老婆婆的病況也慢慢加重，記憶力嚴重退化，神智時好時壞極為不穩定，常常忘記要替阿財準備食物。有時想起要在貓食盆添滿食物，阿財也未必會出現。

日復一日，某天，老婆婆在前院整理農具，連不算太靈光的耳朵都能聽見救護車尖銳的鳴笛，這樣的巨響輕輕鬆鬆就打破本該屬於山區的寂靜……一邊擔心是不是附近的老鄰居出了事，同時又不免想起當初自己打電話求救，急救人員衝進家裡的畫面，胸口好悶，難受得拍拍胸脯，不願意再回憶女兒的逝世。

冷不防，一道棕色的影子，如流星般竄出。

「……為什麼？」老婆婆突然看見許久不見的阿財，完全搞不清楚是什麼狀況。石虎宛若一道迅急的閃電，使盡全力地奔馳，幾乎給人一種在飛翔的錯覺。

「怎麼會突然？不，等一下！」老婆婆站起來，著急地說：「阿財……不，不對，那個不是！」

無比刺耳的救護車警笛蓋過一切聲音。

此刻，彷彿，萬籟俱寂、天地無聲。

石虎輕鬆地躍過家門，衝上了馬路，追尋著刻印在心底的規律噪音，追尋著女人的身影……

一道急促的煞車聲過去。

輾過。

瀕臨絕種團
RESCUTE
上
瀕臨絕種團Rescute © 啞鳴／春魚工作室／尖端出版

世間最真的真理就是沒有永遠。

站在同一條馬路，那灰黑的路面已經看不出過往的痕跡。露恰與歐貝爾尚震驚於老婆婆述說的過往，只有石虎已經不在意，對於上輩子的死亡地點，沒產生一點波瀾，反而在思考著其他的問題，一臉凝重。

馬路雖然有著不起眼的路名，卻小得常常被地圖所遺忘。她們駐足在此接近十五分鐘，竟然沒任何一輛車駛過，宛若沒這條路，對這個世界也沒任何影響。

歐貝爾偷偷玩著石虎的髮尾，向來最多話的她亦想不出這個當下能說什麼。本就安靜的露恰更安靜了，可是嘴角的那一抹笑意漸漸濃烈，因為她偷偷地察覺到長久鬱積在石虎雙眉之間的結，有解開的趨勢，在欣喜的情緒裡藏著連自己都沒發現的羨慕。

石虎不經意地看了一眼搖搖欲墜的門牌，淡淡地說：「妳們也都死過，不必同情我。」

「真的嗎？」歐貝爾鬆口氣。

「真的，而且也不要擔心我。」

「那就好……」因為歐貝爾已經悄悄地將石虎的秀髮打好幾個結，「這樣子我就放心了。」

「話說，要成為偶像，難道妳不怕嗎？」

「怕什麼？」

「人類。」

「不怕喔。」

「妳應該知道，如今我們的同胞會瀕臨絕種，害我們得面對殘酷的死亡連結，人類是最大的……」石虎一想到這，情緒又有些波動，旋即感受到露恰溫暖的手撫上後背。

「當然知道。」歐貝爾甜甜地笑了笑，「不過，人類再壞也沒有比山更壞吧，我們出生的地方就是最壞的地方。」

「妳在胡說什麼啊？」

「難道不是嗎？我們死在山裡的同胞有多少呀，餓死的、失足摔死的、被其他物種攻擊致死的……這麼多，我們的家鄉才是最壞的，相信大家都能認同吧。妳與母親走失差點喪命，要不是遇到人類救援，哪有長大的機會呢？」

「……」石虎一時語塞。

「山是惡的嗎？」歐貝爾輕輕地說。

「是孕育我們的地方……當然不是惡的。」

「既然妳都知道山有許多面相，那人也是吧。有蓄意破壞山林的人、有惡意濫捕野生動物的人，那自然也有一生投入動保的人、不斷研究自然相關知識的人……妳為什麼要盲目地將所有人類統統歸於壞蛋那一邊呢？」

「我……」石虎沒料到歐貝爾那小小的腦袋瓜子想得比自己遠。

「傻瓜貓，瀕臨絕種團正是為了影響更多人類所成立的！」歐貝爾興奮地說：「如果有一個人類因為我們的歌舞喜歡上瀕臨絕種團，那就有機會改變一個人類。未來，我們更努力，一定能改變一千個、一萬個人類，妳們難道不會覺得很值得期待、很值得開心嗎？」

「真大的夢想呢。」露恰摸摸歐貝爾的頭。

「我辦得到嗎……」石虎無法想像。

「一定可以的，只要我們夠努力！」歐貝爾高高舉起雙手，矮矮的個子彷彿蘊含了整個中央山脈的力量。

「要唱歌、跳舞，我真的不覺得自己辦得到。」石虎縱使不太懂年輕人時下的流行，可是清楚偶像這種職業長什麼樣子。首先需要長相可愛就不談了，還要有一個柔軟的外在，對任何人……包括陌生人都要和藹可親，展現出一視同仁的親和力，內在也得有堅硬的心臟，能站上舞臺不怯場，能面對困難不畏懼，想了一想，難度真的太高了。

「石虎一定沒問題。」

「我不信……」

「妳不信自己沒關係，信我。」

「……」

「我有騙過妳嗎？熊這麼敦厚老實的動物會騙人嗎？」歐貝爾挺起平坦的胸膛，自傲地說。

「前幾天才騙我說家裡的辣椒醬是番茄醬……害我辣得半死。」石虎瞇起雙眼，嘴巴說不信，實際上卻認定歐貝爾的夢想，有讓自己實踐的價值。

心虛的歐貝爾語氣飄忽地說：「都、都是紅色的，看起來都一樣啊。」

「無恥黑熊。」

「是、是真的啦！」

「好，那我有個關鍵的問題要問。」石虎認真地注視像是無所不能的歐貝爾，「妳們也知道我一直在工作，很熱中工作賺錢……」

「知道啊，畢竟妳擁有客……擁有節儉的刻苦耐勞精神嘛。」

「那是因為我希望能在附近買一塊地……讓、讓我的同胞有個生存的空間。」

「老婆婆的地？」

「對，所以我需要賺很多很多的錢。」

「妳這種說法忽然讓我們充滿夢想的偶像事業覆上一層腐臭的氣息……」歐貝爾雙手一攤，「如果我們在舞臺的表現夠好，不久之後一定有人找我們演出，到時會收到出場費。但是，不會太多喔。」

「沒關係……慢慢的，我一定能存夠這筆錢。」石虎並不奢望一下子就能到達目標，可是只要一步一腳印地緩慢前進，遲早有一天能夠見到終點的光芒。

所有遙遠的路途，最難的必是第一步。如果能跟夥伴一起踏出，總覺得能夠一

路走到底。

歐貝爾聽出石虎的言下之意，心臟怦怦怦跳得好快，滾燙的血液被送往四肢百骸，享受著瀕臨絕種團最後、最重要的一塊拼圖歸位的完美。一切都完整了，一切都有可能了，從此為夢想畫下清楚的輪廓。

露恰並沒有太意外，從頭到尾她都明白只要石虎能解開內心的結，事情就一定會朝向這樣的途徑發展。歐貝爾不可能扔下石虎，石虎也不可能抵抗得了歐貝爾的決心，彼此三人本來就是一體的，只是現在有了名字，叫做瀕臨絕種團。

石虎再次看向老婆婆家的門牌，在掉漆、髒汙的狀況下，依稀能見到上頭最大的一組文字印著「15號」。

「從現在開始就叫我『十五』或是『十五號』吧。」

「真是隨便的傢伙。」

「妳管我，我就偏偏喜歡。」

「好的，十五號。」露恰欣慰地淺笑。

「OK啦，十五！」歐貝爾敬一個舉手禮。

「這是我上輩子的終點，卻是我這輩子的起點……」

石虎緊緊咬著下脣，視線延伸向天空，顫聲道：

「相信她如果還活著，一定也會替我加油的。」

在這又多住了幾天。

十五把所有的貓食盆藏起來，希望老婆婆以後都不要再餵了。既然阿炭、阿財已經死了，就不會再回來。

歐貝爾發現後院真是充滿天地靈氣的好地方，首先聲音再大也不會吵到鄰居，可以盡情播放舞曲和練習歌唱。再來沒有多餘的干擾，什麼零食與娛樂統統沒有，綜觀各式條件的加乘，極適合與世隔絕，進行閉關修練。

另一方面，她們待在這，也幫老婆婆不少忙，除了基本的環境清潔之外，還常常幫忙跑腿，搬些白米、蔬菜回來。狀況好的時候，老婆婆會泡一杯苦澀的青草茶，坐在過去女兒常坐的位子，瞧著莫名其妙出現的少女們揮灑汗水；狀況不好的時候，就待在電視前，眼睛看著充滿雜訊的畫面，耳朵聽著充滿動感的曲目。

歡樂的時光過得特別快，歐貝爾錄製完用來報名比賽的展示短片，表示該要回家了。她們一同向老婆婆道別，感激這段日子的照顧。露恰本以為十五會很不捨……或是表面裝得毫不在意，但實際上捨不得走，沒想到十五表現得很開心，一副很快就會回來買下土地的樣子。

沒有十八相送，他們很快地回到都市。舊舊的老公寓，看似和過去一樣，實則發生天翻地覆的變化。

她們各自的工作照舊，只是沒再刻意加班，在假日與空閒固定的團練之外，私下還有獨特的事要忙。露恰自告奮勇要製作表演用的舞臺服，試做失敗好多次，連手指都刺出許多小洞；十五因為進度嚴重落後團員的關係，都在公寓樓頂獨自加練；而歐貝爾正在努力地瞪著二手買回來的平板電腦，想把瀕臨絕種團的相關社群網站經營得更好……

然而，並不容易。

睡前的排隊洗澡時間，第二個洗好的十五，穿著一套寬鬆的棕色睡衣，一邊擦著溼潤的長髮，瞧著第一個去洗的歐貝爾正滿臉愁容趴在床鋪。

「怎麼了？」

十五趴在歐貝爾旁邊，頭靠著頭，凝視螢幕顯示的畫面。

「我們的粉絲追蹤數，一點起色都沒有……」

「沒關係啦，一開始只有幾百人是很正常……咦，等等，怎麼才五十九，這豈不是傳說中的不及格嗎！」

「唔……」歐貝爾哭喪著臉。

「沒、沒關係的，可能是沒有找到正確的經營方法。」十五的安慰蒼白無力。

她們頓時靜了下來，連露恰在浴室沐浴的水聲都變得格外響，房間的空氣充斥著氣餒的味道。十五很不習慣歐貝爾的沉默，總覺得自己應該在這種時刻做些什麼……

「對了，我們可以參考其他人，看看是怎麼經營的呀。」十五說到做到，伸出手就在平板電腦上頭亂點一通，「我們只要按圖索驥，一定也可以成功。」

「說得也是。」歐貝爾將下巴放在平疊的雙掌，任由十五處理。

「哇，這個大姊姊太厲害了，居、居然有五十萬的追蹤人數！」

「快點進去看看她是怎麼辦到的。」

「嗯。」

十五像是發現了一本深藏的武功祕笈，一拿到手就迫不及待地翻閱，想藉此一步登天，成為轟動武林、驚動萬教的終極高手……當然，這個世界就沒有這麼美好的事。

她點進去某位當紅寫真明星的頁面，理所當然全部的相片全是性感唯美的沙龍照。

「十五，妳妳、妳妳妳到底點了什麼！」歐貝爾面紅耳赤，雙手自發性地遮住雙眼，卻從忘記閉合的寬闊指縫中看得一清二楚。

「我、我我我我不知道啊……是、是我的手指擅自點……不對，是這個中古平板電腦顯示錯誤！」十五把責任推個一乾二淨，闖禍的食指仍懸在半空，做賊心虛地像毛毛蟲蠕動。

她們嘰嘰喳喳吵個不停，卻誰也沒有動手關掉頁面，不知不覺四隻眼睛全被一張高達兩萬五千人點愛心的照片吸引。其中是半裸的美麗女人坐在深山野溪旁，深邃的雙眸專注地凝視著鏡頭方向，宛若穿透螢幕所造成的次元障礙，直達了人心。

雖是半裸，但胸前兩點被如黑瀑般的髮絲分由左右覆蓋，巧妙地躲過社群網站的成人內容限制。

「不過……真的好美喔……」歐貝爾感嘆。

「是呀……」十五點點頭。

「……我們也來拍一張吧。」

「妳、妳說什麼？」

歐貝爾收起不合時宜的害羞之情，公事公辦地說：「很顯然，人家經營成功的方式，就是公開足夠吸睛的照片，我們一定要用心學習、努力實踐啊。」

「歐貝爾，妳也太大膽了吧？」十五深感詫異。

「錯了，十五，大膽的不是我，而是願意為瀕臨絕種團犧牲奉獻的妳喔。」

「什、什麼？居然是我嗎？」

「我們之中只有妳是長頭髮，才有辦法遮住胸部嘛。」

「這個、這個算是什麼理由啊？」十五非常緊張地說：「如果把妳的兩顆包包頭拆下來，頭髮也夠長吧？」

「欸，人家的包包頭已經是頭部的一部分了。」歐貝爾護住自己的頭頂。

「拆下來！」

「妳先脫下來！」

兩人在床鋪上滾成一團，一個抓對方的睡衣、一個破壞對方的髮型，完全沒有注意到露恰已經洗完澡。她圍著一條浴巾站在床邊，一手戳十五的肚子、一手輕拉歐貝爾的耳朵，無奈地阻止了臺灣黑熊與石虎的激烈戰鬥。

「妳們怎麼又吵架了？」

「不是吵架，是運動。」

「對啦，我們不過是在玩。」

露恰坐在床邊，替十五整件被扯歪的睡衣調正，另外也梳了梳歐貝爾的秀髮，勉強維持先前的髮型，宛若在管教兩位淘氣的妹妹，苦笑著問：「又怎麼了啊？」

「我找到一種能夠快速累積人氣的方式，十五竟然不願意配合。」歐貝爾雙手扠腰，第一個搶先告狀，「真是個不及格的團員，我必須替她蓋上一個壞貓咪印章。」

「妳一定又挖洞給十五跳了，對不對？」露恰來到衣櫃前，尋找前陣子買的睡衣。

「沒錯。」十五滿臉漲紅，緊接著說：「歐貝爾就是一頭好色黑熊，膽敢叫我、叫我出賣……出賣……」

「喂，那是藝術照，妳不要想歪喔。」歐貝爾反駁。

「但妳要我拍的根本不是。」十五再反駁。

「哎呀，妳們……」露恰褪下浴巾，赤裸裸地在她們面前套上一件大人款式的睡衣，裡頭空空如也格外透氣，「真是傷腦筋呢。」

「「……」」十五與歐貝爾同時看一眼平板電腦顯示的相片，再看回露恰，閉上了嘴。

「睡覺吧，明天不是要練歌嗎？好好讓喉嚨休息。」露恰伸一個懶腰，姣好的身材透過單薄的布料一覽無遺。

「我一直很好奇……妳是不是很習慣不穿衣服……」歐貝爾忍不住問了。

十五在一旁瘋狂點頭。

「咦，大家都是這樣吧，畢竟上輩子就沒有穿衣的習慣。」

十五瘋狂地搖頭，歐貝爾無語凝噎。

「要不是衛生習慣，我恨不得裸睡呢。」

「「裸、裸睡？」」十五與歐貝爾呆若木雞。

「想當初，在家鄉的那條乾淨小溪，我和妹妹一起，暢游在清涼的水中，與大自然合而為一是多麼的快樂……」露恰用吹風機吹著髮絲，迷離地說著，眼波便流動不可見的黯然，「真想重溫一次，真的好想。」

「不可以！」歐貝爾焦急道：「妳絕對不准獨自去游泳池或海邊，絕對不可以！」

「唔，我可是大人了，而且水性又好，不需要麻煩妳們的。」

「一點都不麻煩！」十五也很緊張，就怕露恰的某條神經突然出錯，想在游泳池回味起上輩子裸泳的滋味。

察覺到她們的反應很怪異，直到瞄到螢幕顯示的照片才明白是怎麼了，露恰失笑道：「妳們上輩子還不是全裸的。」

「才不是！」她們異口同聲否認。

「我、我可是有穿黑色熊毛大衣，胸口有個白色V字圖案。」歐貝爾拒絕承認。

「我有穿豹紋，不對，是石虎紋緊身衣。」十五也是。

「好好好，只有我們歐亞水獺是裸體的，可以了吧。」露恰爬上自己的床位，蓋好自己的被子，狡黠地恐嚇道：「快點上床，不然我就要回歸自然裸睡喔。」

十五與歐貝爾的嬌軀一震，臉紅心跳地在自己的位子上躺平，心想歐亞水獺真是自由奔放的生物。

露恰哪曉得她們腦中的扭曲想像，抬起手將平板電腦關機，淡淡地說：「這麼美

麗的照片，並不是我們用手機就能拍出來的，能夠吸引到這麼多人喜歡，背後一定付出了外人難以想像的努力。」

「說得……也是啦……」歐貝爾其實懂這個道理。

「她們有她們的專長，我們有我們的專長，就像歐亞水獺不會跟臺灣黑熊比力氣，石虎也不會跟歐亞水獺比游泳……要對自己有信心，只要一直走下去，瀕臨絕種團遲早會被看見的。」

「好。」十五慢慢地靜下心來。

「晚安，瀕臨絕種團，說不定明天一張開眼，就有了轉機呢。」

前方

餐桌。

說是餐桌，其實也不過是一張小方桌。

露恰與歐貝爾已經坐定位子，在期待某位英雄回來。桌面整齊排放著三雙碗筷，暗示著等等要發生很值得開心的事。

外頭的天色暗了下來，歐貝爾忍著肚子的飢餓，認真地滑著手機，潛意識避開所有訂閱的美食頻道，覺得度日如年，懷疑螢幕顯示的時間是不是出錯。突然，她驚呼一聲，激動地握緊手機，像是不肯放手的寶貝。

「露恰，我們的粉絲，終於六十了！」歐貝爾興奮地手舞足蹈，「及格啦，現在瀕臨絕種團也算是及格的地下偶像團體！」

「真值得開心。」露恰依然優雅地翻閱自己手上的小說，淡然地微笑。

「更神奇的是，他還有留言欸，比方說這篇『加油！常常看到妳們貼練習的相片，過程一定很辛苦吧，我會一直默默支持妳們的』，還有這篇『歐貝爾跳起來的樣子真是太可愛了，真想現場看妳們表演』，喔天啊、白衣神啊，怎麼會有這麼善良的人類呢？」

「我就說吧。」

「我想要把他的留言列印下來，然後貼在我的床鋪上。」

「以後還有更多留言的話，妳怎麼印得完呀？」

「說得也是，以後一定還會有更多的粉絲留言。」歐貝爾高高舉起手機，反覆地看著那短短幾行字，「一定會越來越多，多到怎麼印都印不完。」

「沒錯、沒錯。」露恰的視線從書本上抽離，定睛在歐貝爾身上，也被這樣子的喜悅所感染。

歐貝爾在喜悅之中，不忘注意家門的動靜，一聽到細微的開門聲，立即喜上加喜道：「我們的英雄，回來了！」

她說的英雄正是十五，用更正確的說法是手上提著一袋過期便當的十五。

歐貝爾只差沒拿出煙花與禮炮恭迎英雄歸來，一路護送十五就餐桌定位，俐落地接過整袋便當，將其整整齊齊地擺在桌面中央。

「我去洗手、換衣服，等等有個消息告訴妳們。」十五打算換掉一身制服，再來吃飯。

「等等。」歐貝爾按住十五的肩，嚴肅地說：「沒有消息比我現在要說的重要。」

「怎麼了？」十五困惑地看向露恰。

露恰無辜地聳聳肩。

「我們都有讀過孔融讓梨這篇流芳百世的文章，於是，我今天也要來個歐貝爾讓便當。」

「……妳是又在發什麼神經？」

「雖然我們的精神年齡是差不多的，可是妳們的肉體年紀比我大，請先選。」歐貝爾十足誠懇，估計也是不好意思搶在外工作的十五與在內操持家務的露恰之前先挑。

「既然如此……」露恰恭敬不如從命，抬起手，原本想選經典奮起湖便當，稍稍猶豫，又朝蜜汁豬排便當前進……

歐貝爾馬上擰了擰小小的鼻子，嘴唇迅速地噘起，無窮的委屈之意透過精緻的五官傳遞出去。

「那……」露恰哪捨得那張稚氣的臉出現這種表情，放緩的手識相地轉彎，再朝著印度咖哩雞飯移動……

歐貝爾雙手捧在胸前，急得雙腿猛跺。

「真是的……難得我想換個口味。」露恰拿了炙燒鮭魚便當，苦笑。

「換我。」無雞不歡的十五很乾脆地取了印度咖哩雞飯，根本沒見到某黑熊在擠眉弄眼。

被橫刀奪愛的歐貝爾鼓起雙頰，氣呼呼地嘟囔道：「笨蛋石虎。」

「幹麼又罵我？」某種程度上，十五的神經相當大條。

「哼……」歐貝爾按下不滿，恢復恭敬的神情，「總之，兩位姊姊都選完了吧？」

「沒錯。」

「該妳選了。」

「好，換我選！」歐貝爾往前一趴，雙手將桌面上剩餘的兩個便當統統攬進胸口，「謝謝兩位姊姊！」

「真不愧是永遠發育期的歐貝爾呢……」露恰笑了出來。

「妳這頭卑鄙的熊！」十五扶著疼痛的額頭，「這就是我不敢跟店長拿太多便當回家的原因。」

「也謝謝店長。」

「……說到謝謝店長，我有一件更值得感謝的事要告訴妳們。」

「該不會是十五在訂貨的時候，不小心將草莓蛋糕的數量多加一個零，結果多出九十個草莓蛋糕銷不出去，店長無可奈何地說『十五，這些丟掉也是可惜，不如妳帶回家去吃吧』，然後我身為十五的家人，一定要幫忙承擔這可怕的錯誤，ＯＫ，沒問題的。」歐貝爾說得慷慨激昂。

「吐槽點太多，我一時不知道該從何開始。」十五的頭更痛了。

「到底是什麼事？」露恰拍拍十五的背。

「是這樣的，店長的太太，是幼稚園的園長。她們要舉辦一場招生的園遊會，我自告奮勇說瀕臨絕種團可以上臺表演歌舞……」

「幼稚園！」露恰尖叫一聲，「確定是幼稚園嗎！」

「笨蛋十五，這麼重要的事為什麼現在才說啊！」歐貝爾氣得在地上打滾，「笨

蛋笨蛋笨蛋，這明明比草莓蛋糕重要太多了。」

「妳有給我說正經事機會嗎？」

「是幼稚園欸幼稚園！」

「我覺得妳是不是搞錯重點了啊？」

十五知道姊妹的精神狀況都不是太好，現在只能靠自己主持大局，雙手抱胸，正色道：「店長跟店長太太搞不太懂瀕臨絕種團是怎麼回事，所以在我們開場的表演之餘，他們最主要是希望我們在園遊會當工作人員，順便陪小孩子玩，讓家長能逛逛園區與看看設備。」

「可以表演就好，其他的苦力我也願意做。」歐貝爾雙眼放光。

「可以陪小孩子玩……怎麼可能有這麼棒的事？」露恰的雙眼放出雷射光。

「……」十五已經不知道該怎麼反應。

「表演，我們終於要上場了，沒想到……沒想到……」

「小孩子，幼稚園有這麼多小孩子……太美妙了……」

「我們該表演哪首歌呢？怎麼辦，我們的走位還不夠熟練，萬一在舞臺上出現失誤怎麼辦？要是現場有家長攝影，瀕臨絕種團的糗樣會被上傳到網路上的……怎麼辦、怎麼辦，還是我們現在再練習一下？」歐貝爾的亢奮快速消退，咬著指甲，滿滿是負面想法。

「店長真的是人太好了，居然跟允許我這樣子的人踏入這麼神聖的領域，為什麼會對我這麼好呢？難道只是我幸運吧，不，我不覺得，一定是有什麼強大的存在，正在眷顧著我，對的，一定是這樣子……」露恰雙手合十，狀似祈禱。

十五翻著白眼，自認無法挽救兩位姊妹的精神狀態，默默地脫掉超商制服，打算先去洗個澡，再來吃一頓美美的晚餐。

「我就當作妳們已經答應要參加了……」

週五，也就是園遊會的前兩週。

十五按照地圖上的指示，帶露恰與歐貝爾來彩排。

一眼望去，由七彩氣球裝置的拱門上掛著「園遊會」三個大字與注音符號，充斥著童趣的大門給人一種只要跨進去就會來到童話國度的感覺。天際中一條又一條

的細線繫滿萬國的國旗，象徵教育方針以多元為主，海納百川、文化融合。緊接著穿過校舍，來到迷你的小操場，跑道周圍有許多遊戲的攤位，估計活動時要擔任各家攤主的老師有得忙了。

露恰看得目不轉睛，滿腦子都在想像小朋友們在玩遊戲時的可愛模樣，尤其是扔水球的攤位上，那塊大野狼的立牌……這是她第一次以歐亞水獺的身分嫉妒一隻卡通化的狼，恨不得代替位置，讓小朋友們扔個夠。

「喂，醒醒，舞臺在這啦。」十五拖走失神的露恰。

昨晚才打造完成的舞臺就建在操場中央，理所當然，迷你的操場只能容納迷你的舞臺，歐貝爾在四周繞上五、六圈，相當滿意地比出一個讚。該有的聲光、音效設備一應俱全，還搭了一個森林的背景，意外地符合瀕臨絕種團的歌曲。

看得出來店長太太，也就是幼稚園園長的用心。她並不認為以幼童為主的園遊會就能草率行事，明天除了瀕臨絕種團的歌舞、小雞先生的帶動跳、好棒棒劇團的話劇之外，還有大班師生訓練許久的三組演出，勢必要做到讓第一次蒞臨的家長與小朋友徹底愛上這個地方。

園長是名嚴肅的長輩，帶著十五、歐貝爾、露恰再走回校舍，一路介紹自己一手打造的幼稚園，算是為明天帶家長參觀的預演。但是交代內容依然著重在表演完之後，提醒她們需要到操場周圍的攤位幫忙，從偶像團體變成小精靈的角色。

露恰聽得非常仔細，特別是關於安全的一些注意事項，默念了許多次，打算硬背進腦海裡。

目前是上課時間，她們經過了一個又一個班級，透過明亮的玻璃窗可以看見小朋友們認真學習的模樣。露恰好希望時間能夠過得慢一些，這樣子的話她就可以把一張又一張稚嫩的臉龐記在腦袋裡，回家好好複習一番。

經過了鸚鵡班、猴子班、老鷹班、金魚班、海豚班……當她們來到了水獺班，露恰這雙腳是無論如何都不願意再移動了。園長領著十五、歐貝爾繼續往前走，暫時沒發現少了一個人。

水獺班這節課顯然是自由玩樂的時間，兩名老師陪著十二名學童玩遊戲。有的孩子在疊積木、有的在圖畫紙上隨意地創作、有的追來追去跑來跑去地打鬧，鬧哄哄的教室，老師們都有點管不住了。對露恰而言，如置天堂的畫面中，她卻聚焦在後方一起玩著小沙包的小姊妹。

會認為這對同學是姊妹，是因為她們有些相似，一樣的濃眉大眼、一樣的喜悅

笑聲，而且一個高、一個矮，真的很像一對純真可人的小姊妹花。

露恰的過往記憶不斷地以不正常的速度湧出，明明是不熟識的陌生人類，反而觸發靈魂與腦海深處的塵封記憶，一幕又一幕的，宛如家鄉的那條清澈小溪奔流不止……

「妹妹，不知道……過得怎麼樣……」

「什麼妹妹？」

歐貝爾不解地搖搖彷彿石化的露恰。露恰從上輩子的記憶抽離，回眸一望，妹妹的身影頓時與歐貝爾重疊，再見到十五與園長的困惑表情，馬上彎腰鞠躬道歉道：「抱歉，是我突然分心了。」

「沒關係。」園長將手插進印有校徽的圍裙口袋，好奇地打量道：「妳在瞧什麼呢？」

「只是看她們在玩而已……」

「妳喜歡小孩子嗎？」

「是，非常喜歡。」

「喔？」園長來了興致，繼續問道：「我如果把一個小孩子交給妳照顧一天，妳會怎麼做呢？」

「請問這是認真的考題嗎？」露恰有些緊張。

「當然是。」園長的興致更高了。

「好……那首先。」露恰吞了口口水，嚴肅地說：「先把小孩子帶到無人的暗室。」

十五先察覺到不對勁，支支吾吾地說：「暗、暗室？」

「再把小孩子脫光光。」

「……」十五錯愕了。

「第一步確認是雄性還是雌性。」

「看外表就能判斷了吧！」

「小女生看起來像小男生的比比皆是，因為題目沒有設定，我姑且先當作是女生。第二步要確認身上有沒有奇怪的傷痕，如果沒有的話，那就沒問題了，可以準備進入第一階段的課程。」露恰完全進入了認真狀態。

「等等，露恰，我們畢竟只是來唱……」十五要阻止已經來不及。

「開始認識身體部位，從最上面的頭部開始，一路慢慢往下介紹。」

「停止，再往下介紹下去會出問題吧？」

「有什麼問題？」

「這個……這個……」

「接下來的話，我需要想一想……」原先很有把握的露恰也不免有些猶豫。十五趕緊安撫道：「沒關係的，畢竟我們也不是幼教老師，不懂很正常啊。」

「接下來，就是帶她去廁所，鉅細靡遺地一步一步教導。沒錯，上廁所是非常重要的事，一定要每個動作都講解得很清楚，讓她徹底學會。」

「停、停止吧，先停止……拜託……」

「最後，再來是……再來是……是不是要教注音符號啊？還是從九九乘法表開始？」露恰發現大家的臉色變得很奇怪，徬徨的心跟著焦慮起來，「不對不對，應該是體育課，我應該要帶著她到外面去跑步。外面的天氣這麼好，還有一個很棒的操場，跑個三圈吧，還是五……」

「其實我只希望妳陪她玩，不要發生危險就好。」園長沒有繼續再聽下去，轉頭就走。

「……」露恰的十根手指頭幾乎快要扭成一團，知道自己闖禍了，愧疚地看著自己的姊妹一眼。

十五與歐貝爾同時報以微笑，表示真的沒有關係，但如果能先把蘿莉控的症狀按捺下來那就更好了。面對自己的嚴重癖好……不，是錯誤，露恰沒辦法再繼續待下去，漲紅著臉聲稱要去廁所一趟，便頭也不回地接著園長的步伐離開。

其實她根本不知道給大人用的廁所在哪，只希望能找到水龍頭，用乾淨清涼的水替自己降降溫。她漫無目的地亂晃，不知不覺就來到幼稚園的大門，一抬頭見到一條流浪犬就站在馬路上。

她後退三步，踉蹌，差點被自己發軟的腿絆倒。

流浪犬像是發現有人，回過頭，瞧了幼稚園的方向。

露恰的臉色保持不變，裝得像若無其事，再緩緩地退後五步。

確認與流浪犬的距離足夠，立刻拔腿掉頭就跑……

什麼事都沒發生。

覺得自己搞砸了，下禮拜的園遊會，園長應該不會再聘請瀕臨絕種團，露恰垂頭喪氣，失去常駐的微笑，再無平時的從容不迫。她獨自坐在鞦韆上面，讓身體懸空前後擺動，輕飄飄的，像一片毫無作用的落葉。

帶有頹廢氣息的落日，將她的身形拉出一條長長的黑線，這條黑線像是繫在喪家手臂上的黑紗，沉重得完全沒辦法移動，牢牢釘死在失去生機的人身上。

她簡直和被送進沙漠的歐亞水獺一模一樣，表皮乾糙脆裂，失去了生命力，除了等死之外什麼都辦不到。她痛心地懊惱著，為什麼自己一點智商都沒有，要在園長面前胡說八道，親口摧毀掉瀕臨絕種團第一次公開演出的機會。

想到歐貝爾得到這次機會時的悸動，再想到十五為了追上進度日日加練……露恰就很希望能出現一架飛機立刻將自己送到大戈壁空投下去，乾脆渴死在滾滾黃沙中算了。

她聽見腳步聲，一抬頭就見到歐貝爾與十五連袂走來，一臉嚴肅，顯然是跟園長談完了。露恰的一顆心劇烈地抽搐，在想要用怎樣的道歉才能稍稍平復姊妹的怒氣……

「對不起。」

還離十公尺，露恰就已經先道歉了。

「對不起。」

剩五公尺。

「真的很對不起……」

剩一點五公尺，十五率先罵道：「笨蛋。」

「對不起，我不會再犯了……真的。」露恰紅了眼眶。

「哪來的蠢水獺啊？」歐貝爾歪著頭，嘆口氣道：「妳的蘿莉控問題也不是第一天發作了，幹麼一直道歉？」

「我其實不是蘿莉控……畢竟小正太也……不對，我、我只是比較喜歡小孩子。將來，我保證一定會改進。」露恰豎起三根手指。

「妳這毛病應該改不了……」十五嘟囔道：「看妳平時都偏袒歐貝爾就知道吧。」

「喂，我跟妳們的精神年齡是一樣大的喔，才不是什麼小蘿莉啦。」歐貝爾嚴正聲明。

「沒關係，我知道是我闖下大禍，只是可不可以給我一個機會？讓我跟園長好好道歉，請她再給瀕臨絕種團表演的機會。」

「奇怪，妳這隻水獺平時就很精明，怎麼今天突然變得這麼失常？到底是發生了什麼事？」歐貝爾發揮臺灣黑熊專屬的心靈雷達感應，「妳是不是看到了什麼？」

「咦？」露恰微微一愣。

「對呀，妳今天真的太奇怪了。園長剛剛只是跟我們交代一些注意事項，又沒有拒絕我們上臺演出。」連向來神經大條的十五都察覺到不對。

「真的沒有嗎？」

「真的沒有，園長頂多說妳不適合當幼教老師而已，這又不妨礙妳成為一名優秀的偶像。」

「……嗯。」露恰沒有說的是，一直以來擔任一名幼教老師，是心中夢寐以求的事，「那、那真的是太好了……」

歐貝爾當然看得出這笑容有多勉強，關心地問：「妳到底是怎麼了？」

露恰很想繼續笑著說沒事，但是就算能瞞過十五，也不可能躲得過歐貝爾。

她的雙腳放在乾燥的土壤上，讓鞦韆徹底停滯，輕輕地說：「我最近一直想起妹妹……」

「妳還有妹妹？」歐貝爾沒聽說過。

「我不記得自己有沒有兄弟姊妹。」十五拍拍額頭。

歐貝爾同感道：「我也是。」

「我妹妹，小小的，到處爬，永遠有用不完的體力，真的好可愛……」露恰說到這裡才有了比較真實的笑意。

「後來，她呢？」歐貝爾小心地問，就像是害怕觸碰到什麼不該碰的地方。

「她失蹤了。」

「失蹤？」

「嗯。」

「怎麼會？」

「……這故事很長，要從我的家鄉講起。」

「我們有的是時間呀。」

聽到歐貝爾這麼說，十五與之極有默契地分坐在露恰左右兩邊的鞦韆上，露恰

的雙腿一蹬，再次讓身子前後擺盪，如同能控制時光的鐘擺，在每一次的晃蕩中，時間逆流，回到過去屬於美好記憶裡的家鄉。

依稀記得，那天是陽光普照的天氣，高熱的光芒照射在家裡的那條小溪，波光粼粼，彷彿液化的玻璃，晶瑩剔透，能一眼見到溪底的石子和泥沙。露恰與妹妹泡在水裡，消除掉炎熱的暑氣，悠悠哉哉，本來這樣的平凡日子不過是整個夏季平凡的一天，卻在妹妹跑上岸的剎那，悄悄變了調。

露恰不清楚妹妹為什麼突然離開溪水，可能是玩膩了、可能是找到食物，更有可能是不想再晒太陽，所以跑去某個林蔭處乘涼……

應該沒事的。露恰認為這條溪，是從小到大生長的家，沒有什麼危險性……於是她慢了一步，慢吞吞地浮出水面。

不過是慢了片刻，才追上妹妹的步伐；明明是晚了一點點，她見到的卻是全然超乎想像的光景。

這個「慢了」，成為她此生最後悔的事。

有一條野犬惡狠狠地盯住妹妹，漆黑的毛色宛若夢魇的實體，體型至少是妹妹的兩、三倍大，龐然身軀造就的黑影籠罩了妹妹。

野犬的尾巴高高聳起，腳微微張開，拱起了背部的肌肉，兩眼的瞳孔放大，鼻子上出現明顯的怒紋，尖銳的獠牙咬緊，讓兩側的牙齦露出，黏稠的口水就這樣從嘴角滴落，發出充滿攻擊意味的低吼。

即便是人類遇到這樣的場面都有危險，何況是年紀輕輕的歐亞水獺。露恰隔著一段距離都能感受到妹妹近乎歇斯底里的恐懼，從每一根毛流瀉而出。這根本就不需要經過教育，光是靠雙眼便能判斷出，對方是敵人，自己不過是待宰的食物。

露恰想前去拯救妹妹。沒錯，情況如此危急，自己一定要趕緊過去……可是，身子完全無法動彈，每根神經都拒絕傳達前進的指令，每塊肌肉都只能無助地顫抖，天生的求生信念，不斷、不斷地逼她回頭逃命，只要回到水中就會安全了。

光是站在原地不逃，已經用掉露恰全部的力氣和勇氣。

她最多最多……就是站著、看著，連一丁點的聲音都不敢發出。

同一時間，野犬怒吼一聲，展開實質的攻擊。妹妹是很聰明、很靈敏的歐亞水獺，成功地躲過野犬第一次的撲擊，邁開四足朝馬路的方向逃去……

露恰提到嗓子的心還是沒放下來。雖然妹妹逃脫了是一件很僥倖的事，但野犬已經追了上去，沒有任何打算要放棄的意思。感覺得出來野犬餓了很多天，藏於雙

眼凶光中的饑渴，赤裸裸的，根本沒有半點掩飾。

妹妹跑得很快，野犬也跑得很快，轉瞬之間就消失在視線當中。

身為姊姊，不能夠再膽小下去了，一定要找機會救回妹妹，最起碼也要吸引野犬的注意力，幫助妹妹逃脫。露恰努力地擠出所剩不多的勇氣，繃緊神經地追了過去。

所謂馬路的方向，也就是人類居住的地方，是歐亞水獺絕對的禁地。在生命攸關的時刻，恐怕沒辦法顧慮這麼多，馬路如虎口成了一點都不誇飾的敘述。幾輛車在眼前迅速地駛過去，全是致命的金屬巨獸，威脅的程度不亞於野犬。

妹妹越逃越遠，露恰咬著牙，找到一個空檔，硬著頭皮竄過馬路。在全然陌生的村落、鄉間移動，見到柏油路上的點點血跡，她的擔心不幸地成為現實，不得不再加快腳步，要在最短的時間找到妹妹。

如果說馬路對於歐亞水獺而言是致命的陷阱，那露恰就是身處多重陷阱之中，並且危險地遊走在上面。她從未經歷過這樣的險境，能繼續堅持下去，單純是靠著想救回妹妹的意志在支撐。

「轉過一個街角，我遠遠地瞧見妹妹受傷的身影……卻沒有野犬的蹤跡。」露恰的故事似乎來到一個很怪異的段落。

不知道為何會停在這，困惑的石虎與臺灣黑熊面面相覷，最後由歐貝爾提問：「妹、妹妹呢？」

「我不清楚……」

「怎麼會不清楚？明明有找到妹妹呀？」

「妹妹……她……」露恰一臉痛楚，在拼湊破碎記憶的過程中受到很煎熬的折磨。

「有沒有什麼提示，我們可以幫忙想想。」歐貝爾恨不得幫忙思索。

「妹妹進了……一間很大的……灰白色的建築物。」

「然後呢？」

「建築物內有很多的……很多的人類……」

「很多人類的灰白色建築？」歐貝爾摸摸自己光滑的下巴，低吟道：「居然有很多人類，嗯……」

「那妳沒繼續追上去嗎？」十五很直截了當地追問：「反正野犬不在了，即便追上去也沒有危險吧？」

「我當然想追進那棟建築……」露恰像想起什麼，忍不住搖頭苦笑。

「再來呢？」

「只是，那棟建築前有一條馬路。」

「該不會……」十五難以置信，眼神瞬間變得黯然。

「我就死了。」露恰淡淡地說出與十五相同的死因。

露恰被迫躺在床上，無奈地深深吐出一口氣。

昨日，從幼稚園返家的途中，可能是小感冒，也可能是忘記吃午餐的關係，走到一半忽然感到頭暈目眩，在路邊短暫休息了片刻。其實沒什麼大礙，卻意外地嚇到十五與歐貝爾，最終……就發生此刻荒唐的離奇狀況。

瀕臨絕種團對團員露恰下達「絕對休養令」，想當然，目前瀕臨絕種團就不過三人，其中僅要兩人認同便能給予指令。而所謂的絕對休養幾乎等於成為廢人，露恰被穿上了兩件冬衣，再由兩層棉被緊緊包覆於床，簡直像一顆巨大的繭。

「喂……妳們太超過了。」露恰像死在繭內的蟲。

「還不是因為妳都不愛穿衣服的關係，所以才會生病。」十五拉了張椅子過來就近監視。

「沒錯、沒錯。」歐貝爾認真地滑著平板電腦，不忘幫腔。

「真的是大驚小怪……」露恰抱怨歸抱怨，何嘗不知她們大驚小怪的原因。

像這種程度的不適，在人類的日常生活中常常遇見，只要吃飽喝足、充分休息後便能痊癒。十五與歐貝爾之所以會過度重視，是因為在邋鞦韆時說的故事，觸動到她們難以面對的遺憾，結果就有了過度的反應。

「誰叫妳不願意去看醫生？」十五義正辭嚴。

「這種小毛病怎麼能浪費醫療資源……」

「哼，我只信醫生，除非親耳聽到醫生說妳沒事，否則我不接受一面之詞。」

「歐貝爾，快過來救我……」

「抱歉，我這回得站在十五這邊。」歐貝爾冷酷地拒絕。

「距離登臺演出沒多久，我們不用抓緊時間排練嗎？」

「生病的人不用喔。」

「唔……」

被徹底擊潰的露恰快要瘋了，激動地左右翻滾。到後來乾脆爬起來，一邊喊著「熱死我了」、一邊掀開棉被，把厚重的長褲脫掉，僅剩輕便的棉質內褲包覆臀部，一雙白嫩的長腿總算能接觸到清涼的微風，點點的汗珠沿著大腿的弧度，滑落腿間產生了黏膩的溼潤。

十五見狀，就怕露恰再度病發，抓住棉被又要蓋上去。

好不容易脫困的露恰怎麼能放棄得來不易的涼爽，敏捷地翻滾躲過，一個反手就脫掉沉重的上衣，讓除了水藍色胸罩覆蓋外的白皙肌膚呼吸到清新的空氣。

沒想到轉瞬之間，這隻歐亞水獺又脫得只餘內衣、內褲，十五又氣又急，一手撿起衣物、一手揪著棉被，準備踏上床進行生死一線的肉搏之戰……

「等等。」歐貝爾出手喊停。

「不能停。」蓄勢待發的十五不想停。

「我好像查到妹妹的消息了。」

這個意外的消息，硬是讓一觸即發的戰況冷卻下來。

「什麼？是我妹妹嗎？」露恰急問。

「妳的妹妹不就是我們的妹妹？」

「什麼消息？」

「妳得先乖乖躺回床上，我才能告訴妳。」

「我、我頂多只能躺回去蓋被子，絕對不穿這些厚衣服。」露恰乖乖地躺著，繼續遵守絕對休養令，難免緊張與好奇。

完全無法想像，網路上居然可以查得到有關妹妹的消息。太神奇了、太不可思議了，歐貝爾最棒！人類的科技最棒！她差點就這樣大喊出來。十五替病患細心地蓋回棉被，專注力也全在歐貝爾即將要說的話上面。

「首先，我總算是知道了灰白色的建築是什麼了……」

「到底是什麼快說呀。」十五討厭被吊胃口。

「是一間小學，很多人的小學。」歐貝爾繼續閱讀查到的資料。

「原來如此……是小學。」露恰對照上輩子的記憶，的確很像。

「後來妹妹怎麼了？」

「我先說，雖然我比妳們擅長一些，但也不是什麼電腦高手……多年前的新聞，我能找到的消息有限。」

「沒關係，有多少線索算多少線索，之後我們一起集思廣益，一定能拼湊出更多消息。」

「難得妳這隻石虎的腦袋這麼清楚……那我就把查到的，用我自己的話轉述。」歐貝爾清清喉嚨，格外認真地說：「當時，學生正在上課當中，忽然有一道灰色的身影闖進教室，一溜煙地躲進掃具櫃中。師生本以為是流浪貓，卻在打開掃具櫃當中發現是一隻歐亞水獺。」

「野犬沒有跟進去吧？」露恰必須問。

「沒有。」

「那就太好了……太好了……」

歐貝爾同情地偷瞄一眼露恰，小心斟酌接下來的口吻，柔聲道：「師生們發現歐亞水獺身上有大大小小的傷口，狀況相當虛弱，情緒慌張不安，特地給牠一條毛毯與若干食物。然而校內並沒有相關的專家能處理，緊急叫來附近獸醫院的醫生，卻僅能簡單處理傷口……」

「妹妹，該、該怎麼辦……」露恰整顆心都快被絞成碎片，雙手緊緊拉扯著被子，隱匿自己的顫抖。

「學校對外求援，獲得旭勾動物園的支援，在最短的時間內送往專業機構。」歐貝爾把好消息說得特別大聲，「受傷的歐亞水獺獲得良好的照顧，目前情況相當穩定。」

「……」露恰張大眼睛，沒想到幸福來得這麼快。

「太好了！」十五撲過去，一把抱住露恰。

「妹妹萬歲！」歐貝爾放下平板電腦，二話不說也飛撲過去，壓在姊妹身上。

「還好妹妹沒事……還好沒事……」露恰原先繃緊的情緒一鬆，眼淚立刻沿著眼角落下來。

十五變得有點慌張，嗔道：「明明就平安無事，在哭什麼啊？笨蛋。」

歐貝爾慢慢地伸出手指，抹掉了不知道是開心還是難過的淚水，安慰道：「難怪人家都說歐亞水獺是由水做的，出乎意料之外地愛哭呢。」

「沒有啦，我只是、我只是……真的很開心……」露恰哽咽。

「還有一點，只要妹妹活得好好的，露恰就不會啟動死亡連結了，根本就是一個超棒、超可愛的安全鎖。」歐貝爾的腦筋動得特別快。

十五認同道：「有妹妹就是好。」

「對……有妹妹真好。」露恰破涕為笑。

擦乾了眼淚，她今晚睡得特別安穩，過往常常反覆的惡夢，總算得到一個釋懷的答案。自己是膽小鬼、自己是沒用的姊姊，但最少不是害死妹妹的凶手。

幾乎如影隨形的內疚，在得知妹妹的消息後減輕，一直擺在雙肩上的重擔，也有了取下來的一天。露恰的喜悅是發自內心的，跟死亡連結無關，甚至跟打開多年的心結都沒關係，是單純確認妹妹兒時活潑好動的模樣，再也不是不可見的絕景，幸運地得到一個新的可能。

活著很好，只要能夠活著什麼都好。

「一定要見到妹妹！」

「沒錯，一定要見到妹妹。」

十五與歐貝爾表現得比人家親姊姊更積極。

「等等，園遊會的表演沒剩多久，我們是不是應該抓緊時間訓練？」結果是露恰在踩煞車。

若非如此，恐怕今早起床，連早餐都沒吃，她們就直衝旭勾動物園了。

「團練的時間當然不能打折。」歐貝爾依然在滑著平板電腦，嘴裡咬著加蛋的饅頭，「但是休息時間去見我們的妹妹，當然沒問題。」

「說得好，妳最近越來越有臺灣黑熊的睿智與沉穩。」十五高度讚揚常跟自己拌嘴的死對頭，再反問露恰道：「難道妳不想趕快見到妹妹嗎？」

「想，很想。」

「那就對了，總之不用太擔心，交給歐貝爾和那臺似乎能查到一切智慧的神奇機器。」

「雖然我很想吐槽到現在還不太會用平板電腦的石虎是個笨蛋，但妳前面說得沒錯，不用太擔心，我馬上去動物園的官方網站找找就知道……」歐貝爾專注地在螢幕上滑動，大大的眼睛接收著新的資訊，「嗯嗯，喔，是這樣子，嗯嗯嗯，懂了。」

十五和露恰屏氣凝神地等待著妹妹的消息。

「果然每家動物園的規定不太一樣，像旭勾動物園並不會一次讓所有的動物見客，不過我有找到紀錄，他們總共收容了五隻歐亞水獺……然而我卻沒有在臺灣動物區找到歐亞水獺的名字，這代表牠們是不對外開放的吧。」

「……」十五、露恰都很失望，沒有食欲再吃掉桌上的早餐。

「這的確有點麻煩，我們總不可能闖進去，然後大喊著我們是妹妹的家屬，請不要阻止姊妹重逢啊！」歐貝爾模仿著誇張的動作，想逗兩位姊妹笑。

可惜，完全沒有效果，石虎和歐亞水獺依舊愁眉苦臉的，桌面上吃一半的香雞漢堡與才吃兩塊的鮪魚蛋餅，都代表她們沒有半點笑出來的可能。

「妳們這些一點都不捧場的傢伙，哼。」歐貝爾埋怨道：「就算我想到了什麼絕妙的方法，也不告訴妳們了。」

「欸，不是這樣吧……」十五識相地把自己的雞腿漢堡推過去。

「我們家的臺灣黑熊是最棒的臺灣黑熊喔。」露恰夾起一塊鮪魚蛋餅，迅速地塞過去。

得到更多早餐的歐貝爾滿意地嚼了嚼，清澈的瞳孔鬼靈精似地轉幾圈，一條顯然是犯罪邊緣的計畫陡然成形。她知道姊妹可能會反對，但為了露恰的妹妹，不，是為了大家的妹妹，縱使有風險還是要執行，而且不能給她們猶豫的機會。

等到她咀嚼完畢，讓鮪魚蛋餅成為養分，逕自從口袋掏出手機，撥打出剛剛查到的號碼，十五和露恰沒反應過來，電話就已經打通了。

「喂，請問是旭勾動物園嗎？

「感謝，事情是這樣的，我這邊是陽光幼稚園，我是園長特派的人，想跟妳們洽詢有關校外教學的事務，請問我該找哪個窗口呢？

「對對對，我們熱中於保育教育，希望學生能與大自然共存，並且從中學習尊重生命，提高本土意識。所以希望能夠參觀臺灣動物區，認識臺灣的瀕臨絕種動物，比方說石虎、歐亞水獺、臺灣黑熊……嗯嗯嗯，沒錯，果然旭勾動物園在教育上的推廣相當積極，不設門檻又不需繁雜的手續，真棒。」歐貝爾朝姊妹們眨眨眼。

十五沒反應是因為已經嚇傻了，沒想到臺灣黑熊是這麼大膽的動物，居然敢冒充別人。

露恰更是猛搖頭，不希望歐貝爾以身涉險……

「沒錯，我姓歐，歐歐歐歐的歐，這支就是我的號碼……嗯對，是的，不過我突然想到一個問題，在我上傳報名表之前，能不能先由三位老師過去踩點。對，正是這樣，畢竟學生們個個是家長的寶貝，如果不羅列出詳細的行程，以及幼童保安分析，根本難以經過全數家長的同意，況且我們老師也得在行前蒐集好資料，才有辦法製作出寓教於樂的教材。」

先不論那個歐歐歐歐的歐，十五與露恰看向歐貝爾的視線已經由驚訝改成敬佩。

「不不不，沒什麼好敬佩的，就算帶孩子們出一趟門得投入這麼大的精力，但為了教育、為了瀕臨絕種的動物，我們幼稚園的老師在所不辭，願意全力以赴！」這番話歐貝爾說得慷慨激昂。

「「……」」十五與露恰相顧無語，心想動物園真是單純的環境，可能是沒有遇見過詐騙集團吧。

「好的謝謝，我們一定會持續努力，不用擔心。是的，絕對不會造成雙方的麻煩，我們的孩子都非常有家教很聽話。ＯＫ，那後續的安排我再聯絡你們負責的專員，沒問題。很期待跟你們見面，拜拜。」歐貝爾親切地道別，完全是大人的口吻。結束通話。

十五忍無可忍，搶先揪住歐貝爾的衣領前後搖動，擔憂自己的姊妹真的被警察叔叔逮捕，焦躁地嚷嚷道：「妳這頭臺灣賊態，為什麼要犯罪、為什麼、為什麼？」

「住、住手，笨蛋石虎！」歐貝爾被搖得頭昏腦脹。

幸虧露恰即時阻止，避免一場虐待動物的慘事發生。

劫後餘生的歐貝爾一口氣喝光早餐店的紅茶，大大地喘口氣之後，才悻悻然地娓娓道來，「我一開始就說『我們是園長特派的人』，廣義來說並沒有騙人，只是園長是特派我們去園遊會表演而已。再來，我也沒有說幼稚園的孩子一定會去動物園校外教學，目前只是考察踩點，之後說沒有得到允許就好啦。難道這麼繁忙的動物園專員還會特地打電話到幼稚園問『為什麼不來』嗎？」

「不過、不過……這還是說謊……」十五很猶豫。

「我知道。」

「那妳還？」

「因為我覺得值得。」歐貝爾釋然地解釋，「野生動物很單純，只求溫飽與生存，所以不需要欺騙和說謊，也根本不會欺騙和說謊。不過人類不一樣，我們既然重生為人類就不可能再用過去的生活方式。」

「……」十五想據理力爭，但遲遲說不出足以反駁的道理。

「我並不是想將謊言合理化，而是細細衡量過後，只要能見妹妹一面，我就算被罵是愛騙人的臺灣賊熊也沒關係。」

「……對不起，我、我不是這個意思。」

「真的沒關係啦，我們一定要親眼確認妹妹過得好不好，如果不好的話……我們可能需要……」

歐貝爾沒有繼續說下去，但一旁的露恰聽得懂未盡之言的含意。妹妹是妹妹，但瀕臨絕種團的姊妹也是姊妹，絕對不能因為妹妹而讓瀕臨絕種團陷入危機，假設真的到了這一步，自己一定要搶先做出抉擇，不能再讓事態發展下去。

其實從頭到尾都不應該讓歐貝爾為了妹妹說謊，然而，似乎也真的只有這種方法可以親眼見到妹妹。露恰原本可以大聲阻止這場行動的，但是想見到妹妹的心意，已經強烈到即便承載著滿滿的內疚，依然要堅持下去的程度。

「對不起……」露恰無聲地道歉。

十五與歐貝爾都沒有聽見。

尋妹計畫正式啟動。

她們做了許多事前的調查，精力最主要都放在「模仿幼教老師」的目標上，幸好露恰與專業的老師縱使有遙不可及的距離，但至少她是唯一懂得所謂老師應該是長什麼樣子的人。

舊的夢想無法實現，卻意外成了新夢想的養分。她找到許多參考書籍，經過重點整理再一條一條地教會十五、歐貝爾，透過網路上許多的介紹影片，讓十五、歐貝爾開始模仿跟孩子說話的溫柔口吻，讓舉手投足都更像幼教老師。

「會不會……我們瀕臨絕種團，直接變成演員出道啊？」歐貝爾叼著筆，一面背著中班的課程表、一面渾身發冷。

「每一位幼教老師都要經過多年的學習，經歷培訓並且考得執照才能得到這份神聖的工作。」露恰習慣性地摸摸歐貝爾的頭，憂愁地說：「付出的心血與時間，哪是我們這種外行人能夠輕易模仿的。唉，這個計畫的風險還是太高了。」

「傳聞中，在動物園工作太久的人，因為跟動物接觸太長的時間，所以對人類會變得很遲鈍。像我上次聽到一個故事，有個穿熊貓裝的工讀生在休息之餘去廁所，結果就被飼育員引導到熊貓展區去關起來了。」

「歐貝爾……」露恰當然不信，但明白姊妹想讓氣氛輕鬆的善意。

「如果他們連熊貓跟熊貓布偶都分不出來，又怎麼分辨得出幼教老師跟一般民眾。別擔心，我再告訴妳們一個更扯的傳聞。」

「不對。」一直不吭聲的十五像想到什麼關鍵。

「哪裡不對？我說的一定對。」

「我覺得我們最大的破綻不是妳們擔心的知識、姿態問題……」

「不然是什麼？」

「我們沒有大人的衣服。」十五指著影片上的幼教老師，「我們也不可能穿著幼稚園工作制服去動物園吧。」

「……十五說得沒錯，更正確的講法是我們沒有大人社交用的衣服。」露恰根本不用打開衣櫃，就知道姊妹們沒一件適合。

歐貝爾還是喜歡可愛風格的服裝，尤其印有俏皮圖案以及花紋的特別愛。十五的話就更加糟糕了，常常去外頭撿一些二手衣服回來，先不說尺寸常常不合身材，還有一次撿回男性的襯衫，被自己偷偷拿去扔掉。露恰苦惱地看了姊妹們，其實就連自己也沒有太多成熟的正式服裝。

砰！

歐貝爾一對小小的手掌拍向桌面，猛然站起，一副頂天立地的模樣，一錘定音地說：「這，不是問題。」

「這是個大問題，妳難道還想穿那件魔法小熊的卡通T恤去嗎？」十五終於抓到機會吐槽。

「我們現在就去買，然後這就不是問題了。」

歐貝爾堂堂正正地提出最王道的解法。

金錢是所有疑難雜症的最終解答，是無法被質疑的正理。十五支支吾吾，再也沒有反駁的餘地，倒是露恰隱隱約約嗅到不妙的味道。

迫在眉梢。

不能猶豫。

她們領出部分積蓄，立即前往什麼都賣、什麼都不奇怪的大賣場。搭大眾運輸工具的路上，各自懷抱的心情都不一樣，十五是慶幸去的地方不是百貨公司，否則帶的錢可能會不夠，歐貝爾則是不斷地踮高腳尖，怕買不到適合自己身材的衣服，至於露恰……依然懷疑事情有可能這麼順利嗎？

事實上，真的很順利。

假日人潮洶湧的大賣場，在一個需要上班、上課的上午，便沒有什麼準備消費的客人，本來能停超過兩百輛車的停車場，僅有零零落落幾輛，空曠得有幾分淒涼。數排的手推車串成一道又一道的鐵龍，只是趴在地上不動，看起來像是死了，裡頭的員工三三兩兩地聚在一塊聊天，絲毫不懼被監視器拍到自己在偷懶。畢竟員工比客人多，架上的貨物已經整理一遍又一遍，不聊聊天增進同事情感的話也不知道要幹麼。

「女裝部，全、全區七折！」十五道出這個驚人的事實，雙眼閃閃發亮，是金錢的光芒。

「這樣的話，說不定能多買幾件呢。」歐貝爾的士氣也得到振奮。

露恰跟在她們的屁股後頭，見大夥的運氣不錯，心中的擔憂也漸漸淡去，享受像是包下整個大賣場的ＶＩＰ待遇。

女裝部實際上相當大，有關女性的服飾能從內衣賣到大風衣、熱褲賣到牛仔褲，說是目不暇給一點都不過分。她們先是簡單地繞一圈，可是腦袋完全沒有想法，所謂大人穿的衣物，應該詳述為職業女性的風格，可惜她們結結巴巴地也講不出個所以然。

士氣不停地消退，到最後乾脆站在原地，像誤中陷阱的石虎、歐亞水獺、臺灣黑熊……準備被附近高聳的展示架吞沒。

千鈞一髮之際，救星終於登場。是一名負責女裝部的服務員，年紀約五十左右，但保養得不錯，看起來只有四十歲，一副精明幹練的模樣，彷彿一眼就看穿了三位客人的徬徨，連忙結束跟童裝部同事八卦的愉快時光，匆匆忙忙地趕過來。

「想挑衣服嗎？我們提供更衣室試穿喔。」服務員客氣地說。

「我們是想買……不過……」歐貝爾無奈道。

「呵呵，是找不到地方吧。」服務員摸摸歐貝爾的頭頂，和藹地說：「童裝部在隔壁喔，真惹人愛的孩子。」

「不是啦，是我們想買……」

「聽說最近他們進了一套日本來的專櫃，是粉色系的公主裝哦。」

「不，我是說我們想要……」

「之前好多爸爸媽媽帶著小朋友來挑，一下子就搶光了。要不是最近是淡季，哪有這個機會呀？快去挑吧，趁現在款式還很多。」

「我是說我……」

「妳們當姊姊的人真好，還帶妹妹出來買衣服啊？」服務員的手仍在摸著歐貝爾的頭，不過說話的目標，已經轉向十五跟露恰。

歐貝爾不滿地鼓起雙頰，自己上輩子可是高大威武的臺灣黑熊，縱橫中央山脈找不到天敵，何曾受到這樣的屈辱？如今可惡的人類竟然讓十五稱心如意，一起歧視個子嬌小的女生，一眼瞥到十五憋笑的壞樣，恨不得使出插天山熊拳，讓某隻石虎知道厲害……哼，還好還有露恰會拒絕這種惡質的風氣。

「我家妹妹真的、真的很可愛對吧！」露恰像是找到難得的同好，欣喜地說：「矮矮的、萌萌的，好想抱在懷中呵護喔。」

「前陣子我孫女出生，老天爺啊，明眸皓齒的，簡直像個洋娃娃。」服務員一聽，炫孫的毛病嚴重發作，很快地拿出手機點選螢幕，「想不想看照片？」

「想、想看、想看。」露恰馬上雀躍地湊過去。

兩人居然就這樣子分享起來……

面對這樣的屈辱，歐貝爾忍無可忍，施展大武山熊吼，齜牙咧嘴地嚷嚷道：「吼吼吼吼！」

「「……」」

果然順利震懾了不知好歹的人類、石虎以及歐亞水獺，歐貝爾正準備得意之際……

「哈哈哈，小孩子就是這樣，看到我們不理她果然生氣了。」服務員開懷大笑，連忙道：「對不起，不生阿姨的氣好不好呢？」

「……」歐貝爾翻著白眼，腦血管要爆了。

「沒事、沒事，我家妹妹無論是生氣還是調皮搗蛋都超級可愛。」露恰驕傲到不行。

「喂！」歐貝爾氣得直跺腳，「我們是來買衣服的，但、但是妳們一直欺負我！」

露恰明白自己失態了，暗自責備自己的老問題一不小心就發作，一面跟服務員投以歉然的眼神、一面安撫著生氣的臺灣黑熊。

「歐貝爾，我們不去童裝區，妳就在這挑自己喜歡的款式，回家我會改成適合妳的身材。」

聽到露恰的保證，歐貝爾的鬱悶消除大半，悶悶地問：「真的嗎……」

「真的。」

「但、但我不知道該買什麼……」

歐貝爾楚楚可憐地垂下小腦袋瓜子，雙腿併得緊緊的，雙手不安地摩挲，剛剛還很強大的臺灣黑熊氣勢瞬間變得蕩然無存，無助地嘀咕道。

一旁的服務員哪捨得見到天真活潑的小女孩變成頹喪的樣子，連忙拿出自己的專業，拍拍胸脯說：「不要擔心，告訴阿姨妳想要買什麼？一定能幫妳找出來。」

「我想要買大人的衣服……」歐貝爾帶點害臊，輕聲細語地說。

「大人的衣服嗎？」服務員摸摸自己的下巴，像是陷入了苦思。廣義來說，這個區域所有的商品都算是大人的衣服。

顯然她們要的並不是這麼簡單，簡單目測，眼前三位標致的女孩子，大概都是十來歲的年紀，正屬於從女孩變成女人的青澀時期。

所以她們要的是……

「我明白了，請跟我來。」

服務員在女裝區提供顧客建議已經超過十個年頭，除了訓練出能一眼判斷出

對方尺碼的技能之外，還開發出應對各式客人需求的能力。坦白說會擺在這販售的商品不是什麼高級名牌，自然也就不像百貨公司專櫃這樣，提供一對一的全方位服務，不過，她依舊能根據消費者的用途給予相當寶貴的建議。

譬如說，明天要去面試應該穿什麼？她會建議莊重風格但不失典雅，利用先天優勢搶得注意，卻不會給人故意賣弄風騷的感覺。再譬如說，明天要出國應該穿什麼，她會建議內貴外便宜的方式，貼身的上衣、長褲可以買好一點，然而，外套、帽子、手套、圍巾這類常穿脫的物件，就盡量選購低價位的檔次。因為行程是跟著導遊跑，假設不小心在上個景點弄丟，人生地不熟的，很難脫隊回去找，如果價格不高，丟了就丟了，不會破壞後續旅遊的心情。

她不是在自我吹噓，而是經驗賦予的十足把握。

服務員一眼就看穿這三姊妹難以詳細描述的需求，自己是女人也曾經年輕過，何嘗不知青春期特有徵兆。

「這、這真的是大人的衣服嗎？」歐貝爾率先打開門從更衣室出來，羞答答的。

她一身帥氣的皮衣、皮褲、皮外套，全黑色的勁裝，只差一條皮鞭就是貨真價實的女王。

「該是從公主長大成女王了。」服務員滿意地點頭。

「阿姨……我覺得妳的想法相當危險……」

「正所謂人要衣裝、佛要金裝，外在的衣飾便是內在對未來憧憬的投射。」

「您就算用名言，也不能掩飾您危險的想法。」

「妳已經受夠被大人控制，不想再當活在他人掌心的公主，很想成為大人，變成能夠控制別人的女王。」

「……我絕對沒有這樣想過。」

「不用不好意思，這是每個女生都曾經想像過的橋段。」

「請不要拖其他女性下水……而且我也不是在不好意思……」

「妳是不是很滿意？」

「應該沒有吧……阿姨……」

「這就是大人的衣服喔！」服務員對於自己的判斷相當滿意。

歐貝爾仰天長嘆，有一種瞬間老許多歲的獨特滋味，平時是討厭自己嬌小的個子受到外人輕視，但仔細想一想還是不要太快長大好了。

不過，為了能成功潛入動物園，這是必要承擔的代價。

服務員在歐貝爾附近繞幾個圈，宛若勾起了童年時為自己的娃娃換裝的樂趣，充滿童趣的笑容掛在嘴邊，彷彿時光倒轉回四十年前，現在她更期待另外兩位少女登場了。

當十五面紅耳赤地走出更衣室時，的確帶給人雙眼為之一亮的感受。寬鬆的白底T恤以斜肩的方式穿在身上，露出滑嫩的右肩，胸前印著胖橘貓的圖案，添增幾分天然的呆萌氣息。至於雙腿則是完全展露在外，如果脫去平底布鞋，換上一雙細跟的高跟鞋，妥妥就是大人的……

「不行啦。」十五嬌嗔，抗議。

「為什麼？很不錯啊。」歐貝爾都有幾分羨慕。

「首、首先，這種好吃懶做的胖貓……」十五拉拉身上的衣物，「簡直是我們貓科動物之恥，更何況我又不是貓。」

「我穿著恐龍圖案的衣服也不代表我是恐龍吧。」

「這、這不能這樣說。」

「那該怎麼說？」

「畢竟……還有個更嚴重的問題。」

「還有？」

「對啦。」

「看不出來啊，明明就很好看。」

難得歐貝爾不帶嘲諷地讚美自己，可是十五完全開心不起來，委屈地垂下俏臉，窘迫地慢慢轉過身去……

高腰的極短熱褲的確襯出更修長的腿沒錯，但已經短到連臀部的兩道微笑線都沒遮住。

十五害羞得不知道雙手該遮臉還是遮屁股蛋了……

「啊……原來是這樣……」歐貝爾的臉也紅了，瞥向一旁的服務員。

只見服務員的雙眼綻出精光，瞳孔中的光源像是兩團死灰復燃的火。見著十五的模樣，彷彿逝去的青春統統回來了，自己過去沒機會嘗試的美好裝扮如今在十五身上實踐，第一次對自己的職業感到榮耀，難以言表的狂熱之情，已經嚇到了歐貝爾跟十五。

「這就是我大學參加聯誼的時候，應該有的樣子……看那些臭男生還敢不敢嫌棄我……」

十五與歐貝爾交換一個眼神，都覺得服務員開始變得怪怪的，不，應該說從頭到尾都沒正常過吧。要成為大人居然會這麼困難，她們不禁有些垂頭喪氣，只能等露恰出來再說。

「接下來，就是我真正夢想中的自己！」服務員已經連尾音都帶著顫動，越發興奮。

露恰宛若聽見了服務員心中的渴求，自信十足地推開門，跟走在伸展臺上的國際名模一樣，完全不介意展示自己美好的身段。

「STOP！」十五吶喊。

「停止，犯規！」歐貝爾雙手比出一個大大的叉叉。

「咦？怎麼了嗎？」露恰一手扠腰、一手撥髮的連貫動作都沒完成，定格。

十五隨手拎起一件大衣外套，不管三七二十一先罩住露恰。歐貝爾四處張望確認附近都沒有客人，不會被記錄下瀕臨絕種團的黑歷史。

緊張兮兮的石虎與臺灣黑熊難得用這麼快的速度取得共識，一起認知到再這樣下去不行，服務員即便是身為人類女性的前輩，但說出來的話就沒一點值得相信。

「不會啊，我覺得這套挺好看的。」露恰無法理解。

「從現在開始，妳已經被剝奪自由選衣的權力。」十五將某位毫無自覺的歐亞水獺推回去更衣室。

「哪、哪有這樣的。」

「對，就是這樣。」

「歐貝爾救我……」

「以後瀕臨絕種團會規定服裝一律強制覆蓋百分之八十的肌膚。」歐貝爾沉重地說：「這是為了防止某些轉生的人類仍保持身為野生動物的野性，使人類社會造成不必要動盪的法律，又稱之為露恰條款。」

「不對吧！」還想掙扎的露恰已經被十五拖進更衣室，「我們歐亞水獺一族本來就是最崇尚親近大自……唔、唔唔……」

現在連嘴都被按住了。

可能是今天生意真的太冷淡的關係，這小小的爭議竟然引來恰好在附近巡視的女經理。服務員立即低調地退到一旁，好像剛剛發生的事與自己沒半點關係。

「怎麼了嗎？」女經理客氣地詢問。

她的年紀應該不超過三十五歲，烏黑的髮絲盤起綁在頭上，一絲不苟的精神如她的髮型一絲不亂，荷葉領的白襯衫捲成了七分袖，降低高高在上的印象，增加親力親為的特質；黑色的A字裙及膝，半透明的黑絲襪帶點神祕感，雙肩披著棉麻西裝外套，寫意得像是準備要下班回家。

「怎麼沒人回答我？」她管理著上百員工的大賣場，即便是客氣地問，都帶著必須回應的力量。

「就是這個！」歐貝爾激動地喊：「大人的服裝！」

「我嗎？」

「請給我三套！」

今天的瀨臨絕種團又朝心目中的那種大人邁進一大步。

一想到可以見到妹妹，露恰整晚都睡不著。

滿腦子想的都是要怎麼帶禮物送給妹妹，魚嗎？市場上要多少的魚都有，各種魚都有，不用像過去還得辛辛苦苦地在溪裡獵捕，只要花少少的錢就有吃不完的食物了，妹妹一定會很開心吧。還是送衣服呢？如果只是簡單的款式，親手製作也沒問題，就不知道妹妹喜歡怎樣的顏色……

諸如此類的怪問題，在早上的陽光灑入窗戶的當下全數煙消雲散。

妹妹是歐亞水獺，根本就不需要會妨礙游泳的人類衣物，在食物方面也有動物園的專業人員照料，身為瀕臨絕種的動物，能夠見上一面就已經是很寶貴的機會了，隨意餵食與觸摸是絕對禁止的事項。

「不知道妹妹聽不聽得懂我說的話……」露恰臉色蒼白。

「她一定能感受到妳的心意。」十五牽起露恰的左手。

「我們的妹妹會懂的。」歐貝爾牽起露恰的右手。

「希望她能接受我的道歉……」露恰依舊遺憾地說：「我不會再逃了，我不會再是膽小無能的姊姊。」

「放心，只要我們在一起，就會勇敢。」

「瀕臨絕種團最棒。」

她們手牽著手、心連著心，準備面對成團以來最大的難關。

此地，正是旭勾動物園的入園大門。

陽光明媚的天氣，要進動物園觀光的遊客眾多，尤其是售票口更是排一列滿滿的人潮，她們三人穿著正式的公事用套裝，緊張無助的心情與附近開開心心要入園的兒童格格不入，彷彿周身都纏繞著黑色的陰暗氣流……

「真的不會有問題嗎？」十五突然覺得眼前的大門，內建辨認真假的謊言探測器。

「一定沒問題，我們做了這麼多功課，認認真真地學習過。」歐貝爾自信地雙手抱著胸，「況且我們連大人會穿的衣服都買好了，萬無一失。」

「可是……我總覺得，在我們計畫偽裝幼稚園老師的過程中，好像還遺漏了一個很關鍵的問題。」

「不要亂講啦，哪有什麼問題？」

「真的沒有嗎？」

「廢話，等等動物園的專員就會出來迎接我們，到時候妳就知道現在的擔心都是杞人憂天。」

在歐貝爾自信滿滿的宣言中，負責接洽教育單位的專員，戴著一頂遮陽帽擋住烈日，笑吟吟地從園區走向大門，遠遠地見到幼稚園派來踩點的老師們，立即親切地揮揮手，準備帶她們直接入園前往辦公室。

「看吧。」歐貝爾得意地用手肘頂了頂露恰。

「果然傳說是真的，動物園的職員因為跟動物相處太久，對人類反而很遲鈍……」十五鬆口氣，抹掉額頭的冷汗。

露恰緊緊握住姊妹的手，即將面對第一道考驗，畢竟練習了這麼久，應該有不被識破的把握。

專員迎上前來，先是閒話家常道：「老師，妳們好，最近我也在幫女兒物色幼稚園，像妳們這麼重視生態教育的老師……不對，妳根本不是老師吧？」

「「「……」」」十五、露恰、歐貝爾一同愣住。

「小妹妹，妳是誰呢？」專員針對歐貝爾。

「呃……」歐貝爾整個凍結。

原來最大的問題就是出在妳身上啊！十五在心裡不斷尖叫。

妹妹……再見了……露恰一想到無緣的至親，連腳步都站不穩了。

「我、我是……我是……」歐貝爾面臨轉生為人之後最大的危機，自信心已經瀕臨瓦解了。

完全不懂為什麼會被識破？明明已經做足準備了，大家熬夜惡補相關知識，一起前往大賣場治裝，露恰甚至不眠不休將大五號的套裝硬是改成適合自己的兒童尺碼，為什麼還會一下子就被發現呢？為什麼呢？

天氣好熱，她們的身子好冷。

「裝成老師是不對的喔。」專員的語氣冷了下來……

歐貝爾突然懂了，最大的破綻就是自己的身材啊啊！

「嗯？小朋友？」

「我不是、我不是小朋友……我是頂天立地的臺灣……」滿身大汗的歐貝爾快要當機了，開始口不擇言。

露恰擋住臺灣黑熊的嘴，勉強接續道：「臺灣最近好像調低了……工作最低的年齡限……是吧，不不不，我到底是在說什麼……」

「妳是小老師對吧？」專員溫柔地摸摸歐貝爾的頭，身為母親不免想念起在安親班的女兒，「瞧妳這神氣的模樣，哼，害我差點要叫妳老師好呢，真是鬼靈精。」

「蛤？」歐貝爾還沒轉過來。

「我聽說能擔任小老師的小朋友，都是班上最棒的喔，來。」專員從口袋拿出一根棒棒糖，「這個送給妳，好棒棒！」

「妳……」接過棒棒糖的歐貝爾，感受到前所未有的屈辱，沒想到堂堂正正的臺灣黑熊會被誤認為幼稚園的學童，渾身輕顫，激動地說：「我、我才不是，我才不要這個！」

「哎呀呀。」機靈的十五跳出來打圓場，「現在的孩子都比較早熟，不喜歡被當成小朋友了，哈哈。」

「原來是這樣，好好好，等等進去我拿動物園特製的保育小尖兵貼紙給妳，這可是要表現優秀的人才有哦。」

「我也、我也不要貼……唔唔、唔……」

歐貝爾正想使出大武山熊吼來抗議，可是已經被十五摀住了嘴巴。

「呵呵，真不好意思，畢竟我們幼稚園的教育方針就是要勇敢表達自己的意見，所以有些不禮貌的地方請多多擔待。」

「沒事沒事，我最喜歡這種活潑的小朋友了，而且你們幼稚園的教育模式真的很讓我欣賞。」

「沒錯，我們向來是走尊重小孩的路線，從小培養自主性，並且給予實際操作的機會，然後再選擇表現最好的小朋友來擔任小老師，近距離觀察大人的做人處事。」

「真是太棒了，我也要推薦同事去報妳們的學校。」

「歡迎，我們當然是非常歡迎。」

「那走吧，我們先到辦公室去，再前往臺灣動物區。負責該區域的飼育員會來跟妳們講解，有關於歐亞水獺的問題都可以盡量發問，我們希望傳遞正確的知識給小朋友們。」

專員比出一個歡迎光臨的手勢，十五與露恰有說有笑地跟了上去。

「喔吼吼吼吼吼吼！」

被留在原地的歐貝爾，一隻手抓著棒棒糖、一隻手握拳，對著空氣使出一套插天山熊拳，讓自己滿腔的委屈稍稍減少。

在辦公室簽了幾個必要的文件，旭勾動物園不愧是一心專注於動物的單位，完全沒想過會有人造假，幾乎是用最體貼的規格接待十五、露恰與歐貝爾，害她們心

虛得坐立難安，差點就被內心的愧疚感吞食，全依靠著「妹妹」這個強大的意念在支撐。

十五希望能見到妹妹，是因為露恰曾幫助自己找回自我，如今無論付出怎樣的條件，也要讓露恰心中最大的缺憾圓滿，瀕臨絕種團的每個團員都要快快樂樂，才有辦法無後顧之憂地站上舞臺，專心致志地揮灑汗水演出。

歐貝爾希望能見到妹妹，是希望妹妹能夠知道自己並沒有被拋棄，縱然彼此不認識，但依然有一群同伴很在意、很關心，願意冒著任何危險找尋。

無論是石虎、歐亞水獺、臺灣黑熊，還是其他物種，還是人……都不應該被拋棄，應該尋得一個歸屬。

露恰倒是不清楚姊妹的實際想法，單純是想見妹妹一面，並且說聲對不起。

專員在確認無誤之後，將她們引薦給負責臺灣動物區的飼育員，一行人再從辦公室轉移到動物生活的地方。

這位女性飼育員也是滿滿的動物園氣息，二十五、六歲的年紀，皮膚偏黑，五官深邃，沒有時下年輕少女的嬌貴氣息，極容易跟陌生人混熟，彷彿天生就有一種讓人卸下心防的超能力。

「有些野生動物被傷害之後，送到我們這邊救治，對人類會格外警戒，進而產生攻擊、自殘、絕食的一連串行為，這時候就會輪到我出場擺平。」飼育員一邊走、一邊驕傲地說：「任何動物都會變成我的好朋友喔。」

「哼哼。」

「咦，不相信我嗎？」

「那是妳沒遇到真正凶悍的動物。」顯然歐貝爾的氣尚未消除。

「喔？妳是說什麼動物呀？」飼育員停下腳步，蹲在歐貝爾面前，拿過她手上的棒棒糖，細心地拆掉外包裝。

「很多吧，妳一副就是沒在森林中住過的天真模樣。」

「好厲害，妳有住過嗎？」

飼育員溫柔地將棒棒糖放進歐貝爾口中，歐貝爾得意洋洋地舔一舔，說：「真甜，妳是個好人。」

「妳還沒說是什麼真正凶悍的動物喔。」飼育員再從口袋拿出一包水果軟糖。

「當然是有中央山脈之王稱號的臺、灣、黑、熊！」

「哇，太棒了吧，妳居然知道臺灣黑熊？」

「廢話，這個世界上有誰比我更懂得臺灣黑熊？」

「拜託教教我。」

「這可是臺灣黑熊一族的最高機密，怎麼可能隨隨便便……」

「我請妳吃糖果。」飼育員把水果軟糖放進歐貝爾的口中，喜眉笑眼。

「唔，真是好吃……」咬著可口的糖，歐貝爾的不滿早已煙消雲散，認真地說：「別看臺灣黑熊雄糾糾、氣昂昂的模樣，其實牠們特別膽小，只要不是極端的狀況，一般來說是不會傷害人類的。」

「妳怎麼懂這麼多啊？」飼育員溫柔地摸摸歐貝爾的頭髮……

「不要小看我，懂嗎？」

「遵命。」

「這牌子的軟糖好棒喔。」含著水果軟糖、舔著棒棒糖，甜上加甜，歐貝爾的心花朵朵綻開。

「只要吃一點甜食，是不是心情馬上開心起來？」飼育員眨眨眼。

「嗯！」歐貝爾極為認同地點點頭……

「等等。」一直在不遠處觀察的十五歪著頭，恍然道：「她剛剛是不是把自己的家

底全盤托出了？」

「似乎是的。」露恰忍不住笑了出來，緊繃的情緒得到改善。

「這頭笨熊，已經被收服了吧？」

「如果妹妹一直以來是由這位女士照顧，那我的內疚會減輕一點……」

「希望如此。」

十五見到飼育員正在搔著歐貝爾的下巴，聽到輕快的咯咯咯笑聲，立刻擺出「這傢伙果然沒救」的表情。

等到歐貝爾已經跟十分鐘前還是陌生人的飼育員混成朋友，她們也到達臺灣動物區。整個範圍主要分成室內與室外，室外就是對外開放給遊客觀賞的展區，有特別的玻璃帷幕能隔絕過度的噪音，拉開一段與人類之間的安全距離，可以欣賞動物們的姿態又不至於干擾。

顧名思義，臺灣動物區自然是臺灣罕見物種見客的地方，食蟹獴、黃喉貂、水鹿等等……已經很適應這樣的生活環境了，並不怕生，在人造的地形中怡然自得地生活。

室內主要又分成後臺與研究室，後臺即是動物們休息的住處，封閉、隱密的地方沒有遊客會出現，只有飼育員和相關的專業人士能進入照顧起居。而研究室則負責深入的科學學術研究，裡頭許多研究員窮其一生投入這個領域，得到許多了不起的成果，幫助人類更了解動物。

「沒錯，研究室裡面，有我們專精研究歐亞水獺的專家。」飼育員站在門前，遺憾地對她們說：「可惜他去野外進行調查不在，否則由他來介紹最好。即便幼稚園的孩子應該不需要太深的知識，但我們還是希望教育不能夠出任何錯誤。」

「野外調查，是指找到我的同……咳咳。」露恰驚覺說錯話，連忙改口道：「是找到其他歐亞水獺嗎？」

「歐亞水獺的數量非常稀少，基本上是遇不到的啦，哈哈。」

「嗯……那、那這位研究員是去碰碰運氣囉？」

「不是，他是前去取回珍貴的檢體，來進行研究。」

「檢體是指？」露恰不自覺地咬著嘴瓣，直覺地聯想到最糟糕的狀況。

又有同胞不幸喪命了。

如飼育員所說，歐亞水獺的數量已經少到難以見到，所以說能夠見到的很可能是屍體。

「啊……檢體這個嘛，這個、這個……」飼育員面有難色。

「怎麼會……」露恰的一顆心瞬間沉到最底，一是遺憾可憐的同胞失去性命，二是自己又與死亡更進一步。

十五與歐貝爾察覺到飼育員的為難，立刻反應過來，想起了死亡連結的威脅。

「畢竟、畢竟沒辦法嘛。」飼育員一臉苦澀。

「我懂，這也是沒辦法的事……」露恰悲傷地說。

「研究室裡頭整間都是歐亞水獺的大便，過幾天又不知道要撿幾團回來。唉，這沒辦法，一般民眾一定覺得我們臭臭的，整天在弄這些排遺吧。」飼育員哀戚地說，試圖把自己仍單身的怨懟全部怪罪在這裡。

「「……」」瀕臨絕種團陷入了很深的沉默。

「怎麼了嗎？」飼育員問。

「只不過是便便而已，有需要說得這麼嚴重嗎！」歐貝爾高聲抗議。

「對啊、對啊！」十五難得同仇敵愾。

「這太、太奇怪了吧……」露恰雙手遮住通紅的臉，七上八下的心實在不知道該如何是好，「為什麼要去撿……我們、我們的……」。

飼育員緊接著解釋收集排遺來分析研究，本來就是野外調查的目的之一，是非常合理、非常正常的事。不過身為歐亞水獺的露恰，根本就聽不進去，彷彿過熱的當機電腦，卡在原點完全無法動彈。

「其實不只歐亞水獺啦，很多野生動物的大便我們也有收集喔……」飼育員扳著手指頭開始算起來，「比方說臺灣黑熊……」

「咦咦咦咦咦咦咦不要啊!?」歐貝爾尖叫。

「還有石虎……」

「你、你們到底是做了什麼啊！」十五揪住飼育員的衣領，前後搖晃，嗔道：「快點住手啊！早知道、早知道我就該跟貓一樣把那、那個埋起來，就不會被你們得逞了！」

飼育員被搖得七葷八素，第一次碰見因為大便而激動的人，實在搞不懂為什麼會有這種反應。雖然說常常收集野生動物大便對一般人是比較難想像的事實，不過幼稚園的老師們也太誇張了吧，總覺得全身上下的骨架都快散開。

最後是露恰先恢復冷靜，再強力讓十五冷靜，接著壓著十五的頭不斷道歉。幸好飼育員在動物園工作數年了，見過各種大風大浪，也見過各式奇形怪狀的遊客，

再加上常跟動物接觸，自然有比較強的忍耐力與包容力。

「沒關係的，呵呵，這也是動物園一直歡迎教育相關合作的緣故，希望讓更多人理解動物與我們的工作。」她是真的不以為意。

「對不起……」十五再道歉。

「真的很抱歉，妳們的工作很偉大。」露恰敬佩這樣的度量。

「如果大家都不介意的話，我、我想提出一個問題。」歐貝爾墊高腳尖，希望自己被注意到。

「請問。」飼育員摸摸她的頭。

「我們可以見見歐亞水獺嗎？」

「如果保持著恰當的距離，絕對ＯＫ哦。」

說到做到，飼育員沒有再多說什麼，就帶領著她們朝歐亞水獺的方向前進。

露恰那顆從未平復的心，又開始悸動起來。

隔著一片不大的玻璃窗，她們終於瞧見生活在動物園的歐亞水獺。

三人排排站，臉幾乎貼了上去，張大雙眼想見到妹妹的身影。

裡頭是人工打造的仿溪流造景，有一段不算深的小溪，溪旁有個水泥砌成的山洞，洞口周圍種植著常見的矮樹與植栽。就算跟真正的家鄉有一段差距，但至少已經是相當適合居住的地方了。

露恰殷切的雙眼始終沒見著妹妹，但溪旁玩水的年幼歐亞水獺還是讓她急躁的心安定大半。流線的身軀、灰色的皮毛、粗長的尾巴、對一切感到好奇的萌萌大眼，跟窗外的露恰對上眼的瞬間，要不是有動物園的規定，她早就破窗而入，將可愛的小寶貝擁入懷中，用臉頰不斷磨蹭毛茸茸的尾巴。

飼育員能清晰感受到她們是真心喜歡動物的，那毫不矯飾的神情、滿心期盼的態度，都不可能偽裝得出來，難怪會選擇動物園成為孩子們的教學地點。

「這隻在玩水的，是我們膽子最大的大春，目前三個月大，正在接受訓練。」

「什麼訓練？」

「野放的訓練。」飼育員解釋道：「我們會訓練這些孩子捕魚以及在野外生存的基本技能，等到一歲左右，準備好了，時機成熟了，將牠們放回原本的棲地去。畢竟那裡才是真正的家，我們不過是暫時歇腳的旅館。」

「原來如此。」

「這也是我不能讓妳們近距離接觸的原因，就是怕這些孩子太過親人，會對人類過度信任與依賴。」

「……」露恰的眉慢慢地擠在一塊。

「人是人，野生動物是野生動物，終究還是要有一道界線。」

「為什麼？」

「動物就只是動物，可是人類卻有分好人跟壞人……」飼育員說到這，一直充滿朝氣的語氣也不免黯然，長期身處在第一線，自然深刻清楚人類的壞。

「原來是這樣……」

「會被送到動物園的，首先是受傷被民眾撿到，緊急送來我們這邊接受治療。至於受傷的原因，有一部分是人為的因素……再來就是一些非法養殖，有的是從外國走私進來、有的是自己私下圈養被抓獲，這些無辜的可憐動物早就已經失去了野外生存的能力，就只能住在這裡。」飼育員身為人類，感受到深深的無奈。

「謝謝你們。」露恰感激地點點頭，眼睛仍盯著山洞，想的都是妹妹會不會有一樣的遭遇。

像是知道外頭有人在等待自己，第二隻住在這的歐亞水獺探頭探腦地出來了，小心翼翼地張望四周，想跟著同伴一起去玩水，又有點擔心會不會有危險。牠慢吞吞的，猶豫不決，硬是在洞口拖上許久，才總算是抵抗不了水的誘惑，一路爬向溪流，出現在她的視線中。

十五與歐貝爾萬分期待地看向露恰。

可惜露恰的表情沒有變化，顯然這也不是妹妹。

「這隻是我們最嬌羞的小魚兒，特別膽小，妳們能見到牠出來玩真的是運氣好。」飼育員拍拍手，想慶祝難得的好運。

「想請教……假如是年紀比較大的歐亞水獺，會住在動物園嗎？」露恰抿著唇，若有所思。

「通常有兩種情況，第一種是在我們這邊休養好，就會直接送回棲地野放；第二

種是經過我們判斷，已經不適合回到野外生活，乾脆讓牠成為動物園的正式住戶，一段時間便出來見見遊客，爭取一下成為動物明星。」

「明星？」

「當然，我們不能讓隔壁區的大熊貓一直得意下去吧。」

聽見飼育員的解說，露恰大概猜得到妹妹的下落。當時送到動物園來急救，經過人類的細心照料，極有可能是被送回家鄉野放了，畢竟依妹妹膽小如鼠、害怕陌生的性子，估計也是躲在洞穴中瑟瑟發抖，絕對不可能成為什麼明星。

「別看牠們這樣，住在動物園的動物，大家一直以來都很努力。」飼育員淡淡地說：「有的很努力地讓傷口癒合，早點回去棲地；有的很努力地適應環境，不再恐懼人類；有的很努力地活著，讓來到動物園的大朋友和小朋友們理解自己的存在……像大春與小魚兒，是不是也很努力地學習抓魚呢？」

「的確，一直在努力著……」露恰輕撫著玻璃，由衷感激大春與小魚兒的努力，這麼年幼就離開家、離開母親，在全然人工的環境中辛苦地活著，也因此自己才沒有觸發死亡連結，「很感謝、真的很感謝。」

「還有其他的歐亞水獺嗎？」歐貝爾踮高腳尖，試圖看清楚洞穴。

「我猜應該是在裡頭睡著了，可惜沒辦法去吵醒牠。」飼育員也在左右張望。失落的歐貝爾不甘心地說：「可是，我們好不容易……」

「沒關係，睡覺很好。」露恰阻止姊妹繼續說下去。

「當初，是不是有一隻歐亞水獺遭到野犬攻擊，然後送到動物園急救？」十五不願意放棄，就算見不著妹妹，也要確認妹妹的下落。

「急救？」飼育員低頭沉思數秒，才恍然大悟道：「喔喔喔，妳們說的是逃進學校中，被師生撿到的歐亞水獺吧。」

「對對對。」十五猛點頭。

「我們要找的就是牠。」歐貝爾的不甘心全一掃而空。

露恰硬生生地將視線抽回，不敢相信地轉過頭凝視著飼育員。

「妳們有做功課喔，這的確是很特別的案例。」飼育員挪動久站的雙腳，朝另外一端的走道比了比，「牠的名字叫做娜娜。」

「我們、我們有機會見見娜娜嗎？」十五迫不及待地問。

「請跟我來。」

飼育員親切地帶領她們前往下一個地點。臺灣動物區其實比想像中的大，又在姊妹即將重逢的緊張情緒之下，整段路程變得格外漫長。

終於能見到妹妹了，露恰的壓抑之情慢慢地鬆開，取而代之的是由內疚轉化的釋懷。來自天空的日光透過走道上的窗，一道一道地照在露恰的臉龐，光線忽然變得不再刺眼，她的表情連帶變得更加溫和，顯得特別安詳與平穩。

不知不覺放慢了腳步，落在所有人之後。

到底該跟妹妹說什麼？這個問題已經困擾了數個失眠的夜，卻沒想到在這段沐浴於日光的步伐中，會得到一個讓自己安心的解答。除了道歉之外，一定要詳細地介紹十五跟歐貝爾讓妹妹認識，也讓妹妹知道自己重生之後的點點滴滴，或許妹妹的智能未開無法理解眼前的人類是怎麼回事，不過妹妹一定會有所感應，知道彼此分散之後，自己過得很好。

因為，自己過得很好的原因，已經帶到妹妹的面前。

「我呀……這段日子過得很開心。」露恰用僅有自己能聽見的音量，輕輕地說：「我們組了一個地下偶像團體，成天都在練歌、練舞，累得半死又莫名其妙地期待明天的練習時間，很奇怪吧，我想這就是轉生為人後最大的差異，明確能知道只要努力，明天必然會變得更好的感覺……太棒了，過幾天，我們就要第一次上臺演出，可惜妹妹沒辦法到現場欣賞，不過別擔心，我們一定會表現得很完美，為了妳。」

走過一個轉角，推開一扇門，飼育員、十五、歐貝爾已經先抵達目的地。

露恰跟了上去，仍喃喃自語道：「對了，我的團員，一位是石虎、一位是臺灣黑……」

還隔著幾步路的距離，她就已經瞧見十五和歐貝爾的表情變得相當怪異。那是一種從未見過的震驚，像有一道絕對零度的冷風吹來，瞬間凍結了她們的五官、四肢，以及所有的肌肉纖維，連時間與空間都同時凝滯，僵硬得連扭動脖子回過頭來看一眼都做不到。

明明只差幾步的距離，露恰突然感覺與目的地隔得很遠。

「不，先等一等，露恰……」歐貝爾第一個清醒過來，慌張地搖頭。

十五也回過神，緊張地說：「對，妳先別過來，露恰可不可以先等一下？」

露恰恍若未聞，逕自跨過那道開啟的門，來到遊客熙熙攘攘的展覽廳，突然難以控制的頭暈目眩，耳朵只聽見了嗡嗡聲，廣闊的視線立刻限縮成一個點。

是妹妹。

妹妹以四足著地的方式站在水邊，回首，像在注視著來來往往的人類。

是妹妹的標本。

以及仿照溪水畔的模型……

「娜娜當時千里迢迢地送來，已經傷得非常重了，我們的醫生用盡所有辦法，讓娜娜的狀況有所好轉，本來都見到了一線曙光，可惜在幾天後狀況急轉直下，還是因為傷口感染過世。」飼育員談到這段往事，還是滿滿的遺憾。

「妹……」露恰完全忘記剛剛準備要說的話。

「我們的娜娜……是個非常非常努力的孩子，拖著滿身是傷的身子，逃進學校，忍著劇烈的痛楚，堅持這麼長的路途，來到動物園，再承受著手術和藥物的不適，努力地讓自己好起來。」飼育員不捨地摸摸蓋在外頭的玻璃罩，猶如觸著老朋友的墓碑。

是妹妹沒錯啊，露恰很肯定眼前是妹妹……百分之百肯定……

「現在我們讓娜娜待在這，守護整個臺灣動物區。每個來到展覽廳的大朋友跟小朋友，都會因為娜娜而認識歐亞水獺，理解歐亞水獺瀕臨絕種的困境，在人們的心中種下一個小小的芽。或許，未來有一天發芽了，他們遇見迷路的歐亞水獺，就會知道該怎麼給予協助。萬一，他們碰見的是受傷的歐亞水獺，也會知道該聯絡什麼單位，娜娜在動物園負責的工作就是這麼了不起喔。」

露恰緩緩地低下頭……

一旁的十五紅了眼眶。

一旁的歐貝爾吸了吸鼻子，沒忍住，還是哭了出來。

「娜娜是我見過最努力的歐亞水獺，一直到現在都是……」

飼育員一手拍拍十五的肩、一手摸摸歐貝爾的肩，凝視著沒有任何表情的露恰。

「抱歉，我得先……離開了。」

露恰直到最後都沒有說，那句深埋在心底多年的對不起。

幼稚園的園遊會如期展開，歡欣鼓舞的氛圍像一場小型的嘉年華。

天氣好得有點過頭了，偏高的氣溫讓冰飲的銷售量衝高，現場的氣氛比偏高的氣溫更高，冰品的銷售量又比冰飲更高。

在校的學童有表演的活動，自然拖著整個家族來參加。爺爺奶奶爸爸媽媽哥哥姊姊為了家中的小寶貝，一個不落全員到齊，個個手機拍個不停。至於想替自己孩子找學校的家長，更是帶著孩子來走走看看，見見未來可能的同學，玩玩幼稚園的各項設施。另外還有住附近的民眾，早知道有熱鬧能瞧，找到一個空閒時間就來逛逛，感受一下氣氛，欣賞一下學童們精心準備的演出也挺有意思。

園長準備一間密閉的視聽教室給瀕臨絕種團使用，上午她們已經忙了一大圈，負責在遊戲器材附近帶孩子們玩。這對露恰而言根本是份來自天堂的禮物，帶來源源不絕的體力，能應付這些體力源源不絕的孩子；反觀十五已經要被逼瘋了，在玩過第三百五十四次溜滑梯之後，恨不得逃回山林再也不出來。而被所有孩子當作首領的歐貝爾，直嚷嚷著「我不是小孩子，不要叫我老大」，承受另一種不同面向的摧殘，忍住幾次想使出出雲山熊踢的衝動。

終於盼來寶貴的休息時間。

「吃一吃，收一收，要換上演出服了。」露恰以身作則，拍著手，喚醒兩位團員。

趴在課桌小睡的十五抬起頭，狐疑的雙眸上下掃視露恰，滿腦袋瓜子的疑惑已經快從嘴巴滿出來了，忍不住問：「喂，妳……還好嗎？」

十五會這樣問，是因為露恰從動物園回來至今，實在表現得太過正常，正常到太不正常了……日夜期盼的妹妹終究沒逃過死劫，這樣的慘況只要是有心智的動物一定會很悲傷吧，甚至直接崩潰也不為過。十五與歐貝爾在私底下討論好幾個方案來防止太過悲痛的人情緒失控，但是，沒有，露恰沒有任何反應。

宛若只有她的時間被倒轉了，回到沒去過展覽廳之前。

歐貝爾抱著自己的演出服，神情恍惚地對著露恰的方向，雙眼卻是完全失去焦距……

「我很好呀，待會就要上臺了，兩位，請打起精神。」

比起石虎、臺灣黑熊的疲態，歐亞水獺已經著裝完成，淡淡的妝容突顯出眉眼間的倩麗，貼身的自製演出服更是展現玲瓏有致的身材曲線。外觀上看來已經準備完畢，隨時可以步入眾人的視野，登上夢寐以求的舞臺。

「妳到底多久沒睡覺啦？」十五擔心地問。

「我一直有睡啊。」

「昨晚三點多，我起床上廁所，看到妳躺在床鋪，雙眼張得好大，彷彿、彷彿像……」

「像什麼？」

「妳在數時間，等待漫長的黑夜過去……」

「哎呀，我們歐亞水獺為了防止在睡眠的時候遭到敵人攻擊，所以都會睜開眼睛。」露恰透過牆上的時鐘，得知僅剩半個小時就要上臺，「要不要最後再確認第三首曲子的走位？」

「歐亞水獺哪有這種習……」十五還想再談，但顯然姊妹沒有談的意願。

歐貝爾知道再這樣下去不行，幽幽地說：「我去廁所一趟，登臺前會回來。」

教室剩下十五與露恰了。

縱使缺一個人，也不妨礙露恰用手機播放待會要出演的曲目，幼稚園的教室不算大，但是給小朋友玩耍的空間多，動感的前奏以一種不算大可是很清楚的音量放送，對比起外頭熱鬧的園遊會，相對地薄弱無力。

露恰先是站定一個位置，十五立刻就出現在自己該出現的點位，隨著音樂的放送，她們閉上眼睛也知道該左挪幾步、該前進幾步。因為等等就要正式表演，理應讓喉嚨休息，也不需要過度耗費體力，於是她們不唱、不跳，單純地隨著節拍走位，在外人看來一定會一頭霧水，搞不懂這兩位少女在做什麼，但又會發自內心地產生異樣的讚美，竟然完全不會撞到一塊，真是無懈可擊的默契。

「露恰……跟我談談好不好？」十五一面跟著曲子、一面試探地問。

「等等就要上臺，還不抓緊時間練習呀。」露恰沒好氣道。

「我覺得現在的妳很不正常。」

「胡說，我哪裡不正常？」

「正常的人遇到這種狀況，不正常才是正常的吧？」

「妳覺得，我們算是人嗎？」

「……我沒辦法回答這個奇怪的問題，但我能肯定妳的心底一定很難過。」十五有些笨拙地說：「看妳是要破口大罵，怪這個世界不公平，還是要痛哭流涕，為逝去的生命哀悼，都可以，統統都可以。就只是拜託妳，不要表現得這麼正常好不好？」

「沒什麼好罵的……我對這個世界也沒有什麼需要抱怨的，大概就是這樣吧。」露恰淡淡地說。

「可是，明明不是這樣啊。」

「不然該是哪樣呢？」

「……」面對這般溫和又銳利的反問，十五一時語塞。

「我真的什麼事都沒有……頂多是想起過去的一個問題，比較迷惘而已。」露恰微笑著解釋。

「什麼問題，說出來試試，不要悶在心中，說不定我剛好有解答。」

「歐貝爾以前曾經問過『如今的我們真的算是人類了嗎』，不知道為什麼，我最近一直思考著這個問題。」

「這、這是什麼怪問題？」

「的確很怪，但我又突然很渴望得到答案。」

「問歐貝爾呀。」

「她不會有答案的。或者該說，她的答案，也不會是我的答案。」

「這到底是什麼跟什麼……」

「我在想，如果是人類的話。」露恰忽然停下腳步，即便音樂仍在繼續，「在危險關頭，是絕對不會拋棄自己妹妹的吧。」

「妳……」十五同時呆站在原地。

一直沒有回過頭，也沒有動手將音樂停止，露恰在這個剎那像是脫離了這個世界，前往另一個未知的地方。要不是充滿動感的律動還在，會讓人誤以為教室內的時間被按下停止鍵。

「差不多該輪到我們了。」她緩緩地開口，讓時間重新動起來，「我去找歐貝爾，妳直接到後臺等我們吧。」

十五只能眼睜睜地看著露恰背對著自己走出教室，從頭到尾都沒機會看到她的臉、她的神情。

很奇怪，沒有找到歐貝爾。

露恰到大人用的廁所找過，沒有臺灣黑熊的嬌小身影，再到孩童用的廁所尋找，依然是沒有。

她深刻明白瀕臨絕種團對歐貝爾來講代表著什麼意義，同時非常清楚這場園遊會的演出對瀕臨絕種團的象徵意義。這是第一次能將這段時間的努力，展現在人類面前。

無論人數多寡，不管年齡層多低，都不妨礙這個絕佳的機會。

一個表演團體要有觀眾才能存在，歐貝爾不可能會背棄難得的觀眾，說不定發生什麼事了……露恰漸漸覺得不對勁，自動加快移動速度，試圖繞遍整個幼稚園。

幼稚園的占地不算小，所以能舉辦一場園遊會。只是這個時段的流程，活動的重點放在舞臺，不管是大朋友還是小朋友，全部大手拉著小手去看表演了，其他的區域就見不到多少人，這方便她尋找臺灣黑熊的蹤跡。整棟一到四樓全尋過一趟，教室、辦公室都沒見著歐貝爾，一路上打好幾通電話，然而全都沒得到回應。

「請問妳有沒有瞧見綁著包包頭的小女孩？」

她開始詢問路人，希望能得到一點線索，可惜得到的回應都太模稜兩可。畢竟這裡是幼稚園，小女孩密度特別高的地方。

午時，太陽特別大，在室外找人的露恰有點怕熱，身為上輩子都泡在水中的歐亞水獺漸漸開始吃不消，好不容易找到一個水龍頭，卻不敢使用冷水讓自己降溫。待會就要上臺了，妝髮已經完成，衣物也已經換好，不可能再跟往常一樣，把整張臉潑溼，或是直接將水淋在頭頂。

就連洗個手都怕把演出服弄溼。

抿著唇，露恰想喝幾口水，不過自來水當中的輕微氣味會讓她更不適……搖搖頭，目前還是找到歐貝爾要緊。

放棄水源，她一手遮在頭頂，利用纖細手臂創造出的纖細黑影，來阻擋盡情釋放高熱的烈日，這個動作基本上沒什麼效果。即便如此，她還是沿著圍牆，繞了園區一整圈，不知不覺就來到了大門入口，附近根本就沒什麼人，自然也不會有臺灣黑熊。

冷不防，有個蹦蹦跳跳的身影吸引了她的注意。

依露恰對於幼童過目不忘的能力，馬上就知道這位是水獺班的學生。此時附近看不見任何一位老師，再轉了一圈，也沒有看見疑似學生的家長，女童就這樣子快快樂樂地奔跑著，自己跟自己玩得不亦樂乎。

這原本是一幅值得拍下來參加攝影比賽的畫面，烈日的光線都因為女童的存在而變得和煦，無憂無慮的步伐對出適合背景獨一無二的動感，那副天真無邪的笑容更是將九十分推至一百分的完美點綴，幾乎能讓露恰忘記這段時間的苦澀。如此美好的時光，卻因為某樣躁動的存在，徹徹底底地被摧毀殆盡。

野犬。

她在發抖。

大門外，有一條野犬。

驚恐如蛆，爬遍了肌膚的每一個角落。

夜晚沒有辦法入眠的原因，是因為怕惡夢重演。露恰沒有想到的是，光天化日之下，惡夢變得更加真實。

「不要……不要過去……」她顫聲道。

微弱的音量，隨風消逝，沒有傳遞出去。

野犬不是一般的野犬，即便她並不是犬類專家，但用基本的常識判斷，那條如鋼筋堅硬的細長腰身、精壯的四肢肌肉、特別演化用於撕咬的上下顎，每一樣特徵都是為了獵殺獵物而存在。

渾身的皮毛漆黑，像一團濃得化不開的黑霧，唯一能見的是兩根白色獠牙，銳利得輕輕一咬就能扯開獵物的脖子。明明是中午的時段、明明陽光晒得皮膚發紅，露恰只感受到異常的寒冷，宛若再次經歷了死亡幽谷中的那種冷冽。

女童絲毫沒察覺到即將來臨的危機，依然玩著手中的氣球，但露恰不一樣，深刻地感受到野犬直接的視線，嘴巴張得很開，吐出腥臭的熱氣，口水一滴一滴墜在發燙的馬路。就算身後就是一輛又一輛駛動的汽車，牠完全沒有要收回視線的意思，雙眼中只有女童的身姿，緊盯著……

接著，邁開四足，緩慢地走進幼稚園。

露恰的心臟擰成一團，後退了三步……

她、女童、野犬的位置恰好連成一條線，一條越縮越短的線，在變短的過程內，她的恐懼感以等比級數的速度漲大。

「快點逃……妳快點……逃……」露恰緊繃得發不出聲音，滿腦子想的都是妹妹，以及妹妹遭到攻擊的片段。

不幸的是，妹妹的身影不斷地與眼前的女童重疊，儘管她拚命地說服自己，女童不是妹妹，人類不是動物，不一定會有一樣的結果。但是，野犬根本沒掩蓋自身的飢餓，那針對食物的強烈欲望難道不會失去控制嗎？

難道不會將小小的女童誤以為是獵物嗎？

驚悚的設想讓露恰的恐懼再推高一層，一定要逃，不然會被攻擊，會被當成是食物撕成好幾片吞進肚子裡；快點逃，被那兩排尖銳的牙齒咬到，一定會很痛很痛，流得滿地都是血，然後漸漸失去力氣，沒有半點抵抗的機會，直到失去了意識，進入死亡的階段；不可以，快點逃啊，現在就逃，離那條野犬越遠越好；沒

錯，快點逃，現在還有機會，如果用盡所有力氣朝人多的地方逃，還有獲救的可能……

可是女童怎麼辦？

「附近……附近有沒有人？快點來幫幫忙……快點來幫幫忙啊……」

沒有，附近沒有人。

離女童最近的人就是自己。

「對不起……真的很對不起……」露恰在接近三十度的高溫中哆嗦，鑲在靈魂中的本能，不停、不停地要她逃。

逃生的本能，是動物沒有辦法壓抑、扭轉的基礎。

逃到一個安全的地方，逃到一個能夠讓自己活下來的地方。

「妹妹對不起，真的、真的很對不起，對不起……」露恰的淚如雨下，好不容易畫好的妝都花了，「妹妹，都是我的錯，對不起……是姊姊對不起妳。」

時間彷彿倒轉了，回到了家鄉，回到了溪邊，回到了妹妹被攻擊的那個地點，回到了姊妹分離的那一秒鐘。

弱肉強食，是大自然運作的道理。身為比較弱小的歐亞水獺，先躲過眼前的危險，是理所當然的選擇，沒有人可以責備自己，這是正確的。

只有沒有同理心的傢伙，才會站在自以為是的理想角度，來批判保住自己生命的人。活下來沒有錯，逃生也沒有錯……沒有被撕咬過的，沒有資格多說什麼，被當成食物的殘酷，只有食物自己明白。

露恰明白，什麼都明白……

那為什麼？自己會這麼內疚。

會這麼痛苦？

不可以。

不可以再重蹈覆轍！

露恰流著眼淚，衝了出去，淚珠灑落在空中，宛若晶瑩剔透的流星。

驚人的爆發力，前世歐亞水獺殘留的肌肉記憶，幾乎在轉眼之間就讓她抱住了女童！

氣球慢悠悠地朝天空飄去，女童突然被一個大姊姊擁入懷中，並不驚恐，反而睜大好奇的雙眼。

飢餓的野犬當然不會錯過這個機會，張開血盆大口就撲了上去，究竟撲到了露

恰或是女童，對牠一點影響都沒有……

反正，都是食物來源。

露恰緊緊閉上雙眼，雙手緊緊抱住女童，讓身軀成為一面柔軟又堅硬的盾，隔絕在野犬與女童中間，沒有退讓。

她可以清楚感受到，野犬的溼熱口水都滴在自己的頸間，雞皮疙瘩立即爬滿整個後背。下一秒鐘，就是鋒利的牙，準備進入體內的痛，全身的神經都感應到生死交關的威脅，喉嚨好想大聲尖叫，卻乾渴得發不出半點聲音……

「大黑，不行喔。」

旁邊插入一道嚴肅的警告，野犬立刻退後好幾步，端正地坐在原地，嘴巴發出哈哈哈的喘氣聲，尾巴搖得特別歡快。

來的人正是園長，這間幼稚園的主人。

「咦……」露恰的眼睛微微地張開一道縫隙，發現在園長的喝斥之下，野犬乖得像條家犬。

不，會叫大黑的狗肯定是家犬。

「抱歉、抱歉，這是我們的校犬大黑，平時都有牽著綁繩，但是牠的力氣很大，常常會掙脫開來到處亂跑。」園長跟露恰道完歉，轉過頭去狠狠瞪了大黑，「笨狗、壞狗、髒狗！昨天才洗完澡，今天又弄得髒兮兮，還嚇到我們的客人，混蛋。」

心有餘悸的露恰還沒反應過來，倒是懷中的女童輕撫著她的胸口，奶聲奶氣地說：「不哭喔、不哭喔，大姊姊不要哭。」

「因為平時孩子們會餵大黑吃點心，大黑已經習慣跟孩子們玩在一塊。」園長抽出隨身攜帶的面紙，溫柔地擦掉露恰的鼻涕跟眼淚，歉然道：「大黑太貪吃了，對不起，害妳受驚……沒事吧？」

「……」

「還好嗎？等等該妳們上臺了。」

「我……沒事……」露恰回過神，搖搖晃晃地站了起來。

「真的嗎？」

「真的……我沒事，要先去準備上臺了……」

「妳是不是很怕狗？」

「嗯，抱歉。」

「妳的心中，是不是有一團很巨大、很沉重的內疚？」園長突然扔出一個很奇怪

的疑問。

「什麼？」她茫然了。

「每個人或多或少都有深度恐懼的事物，像我是害怕蛇，易地而處，要我衝上去，擋在蛇的前面，雙腿發軟的我絕對做不到。」

「……」

「要驅動這樣的勇氣，必然是要有更強大的動力，我覺得內疚就是其中一種……」園長像過來人一樣，說得相當篤定。

「我……」露恰又紅了眼眶。

「看看大黑，做錯事了卻一點都不在意的樣子。」園長失笑道：「人說因為動物沒靈智，所以不懂得內疚、自責，我偏偏想說，牠們並不是不在意，而是知道即便在意了，也沒辦法改變什麼。」

「沒辦法改變……」

「人該學習動物的灑脫。」

「……」

「然後，往前走。」

露恰強忍住淚水，就算眼妝已經花得差不多了。被誤認為野犬的大黑，是肚子餓了才想跟人類討食物吃，本質上沒有一點敵意，對於自己的誤解，她想去摸摸大黑的頭來表達歉意，然而根深柢固的懼犬心態還是不可能輕易克服。

「瀕臨絕種團不是要上臺了嗎？」園長擺擺手。

「是的。」露恰深深地一鞠躬。

「去吧，往前走。」

「我明白。」

「雖然我不太懂地下偶像團體是怎麼回事，但將來要是混不下去，這家幼稚園會有妳的位子。」園長不懷好意地淺笑。

「……」

「我欣賞妳，我的幼稚園會有妳的位子。」

「關於這點，請恕我拒絕。」露恰恢復以往從容的笑。

在幼稚園工作本來是露恰的夢想，不過，她必須往前走。

後臺。

說是後臺，其實不過是臨時搭建舞臺背後的空間，四周完全沒有遮蔽，觀眾只要多走幾步，就可以看得一清二楚。

準備上臺的表演者，都在這塊空間待命，等待臺上主持人的指示，有的在確認道具、有的在開嗓、有的在穿布偶裝。而瀕臨絕種團竟然連成員都還沒有湊齊，歐貝爾就這樣子失蹤了，如同破籠而出的臺灣黑熊，一轉眼就消失在蔥綠的森林中。

不管打了幾通電話，歐貝爾沒有接起任何一通，不管送出了多少簡訊，歐貝爾全數不讀不回，說是人間蒸發，也不過如此。十五已經快要把自己的手機給按爛掉了，焦慮之情溢於言表。

「這頭笨熊到底是跑去哪裡了？」

「我沒找到。」露恰正在重新上妝。

「她會不會有危險啊？」

「不會。」

「妳怎麼知道？歐貝爾這麼嬌小，說不定不小心摔進馬桶裡就被沖走了，更何況她還是珍貴的臺灣黑熊，說不定已經被抓去砍成中藥材了。」

「未免也太灰暗了吧，別擔心，真的。」

「顯然現在很需要擔心啊，等等就要上臺了。」

「所以妳要冷靜，等等歐貝爾的部分要由我們兩個分擔。」

「不不不，我沒辦法……」十五的焦慮之情再度攀上新的頂點。石虎的狩獵者性格，比較善於隱藏在陰暗之處，現在要大剌剌地走進眾人的目光中，本來就是極為艱困的挑戰。經過這麼長時間的心理建設，好不容易有了登臺的勇氣，可是莫名其妙出了這麼大的變化，尤其是身為隊長的歐貝爾不在，她對表演的不安當然變得更嚴重。

「妳有辦法的，我們在一起努力練習了這麼多次，早就熟練彼此負責的部分，不是嗎？」

「我不確定，我真的不太確定……」

「妳不用確定沒關係，但我確定。對於十五的能力，我是在第一線觀察的，所以

我有辦法比任何人都確定，妳絕對沒有問題。」

露恰毫不動搖，反倒是十五察覺到一點不對，眼前的姊妹似乎……有哪個地方怪怪的？

「況且，我們只能往前走，不是嗎？」露恰急就章的妝與髮，還是看得出來有幾分狼狽。

即便如此，她的五官，尤其是眉眼之中，那股格外堅毅的自信，依然如一團火在燃燒……

十五再遲鈍也能發現這奇特的變化，狐疑地問：「妳到底是發生什麼事了？」

「我遇到園長跟一條狗。」

「園長……跟狗？不……等等，妳不是最怕狗嗎？」

「嗯，很怕。」露恰撇過頭，注視著舞臺，彷彿雙眼有透視能力，可以一眼望穿，見著期待演出的觀眾，「但是我……這一次沒有逃。縱使這麼長的時間過去，對狗的恐懼沒有減弱，我還是沒有逃。」

「逃也沒關係呀，害怕就逃是很正常的。」十五刻意強調。

「我想往前走，所以我不能再逃了。」

「……妳真的是我認識的歐亞水獺？」

「我是瀕臨絕種團的露恰。」

幾乎是同一時間，舞臺上的主持人高亢地喊出瀕臨絕種團這五個字，旋即爆出熱烈的歡呼聲。這是她們第一次登臺，不可能有觀眾認識她們，但寶貴的鼓勵完全沒有省略，大朋友與小朋友們對於認真的演出者給予同等的認真態度。

團名被喊出，一直故作堅強的十五再也管不上姊妹是不是失蹤，或是被外星人抓走，進行人格置換的手術……那張清秀的臉蛋刷的一聲慘白，緊繃的心臟瞬間被拉得更緊。無論私底下訓練了幾百次、幾千次相同的歌曲、舞步，只要是站上臺，暴露在無數觀眾的目光中，一切都變得不一樣了，她的腦袋內只有一片空白，遲遲跨不出那一步……

進入觀眾視野的那一步。

「露恰……我們還是等歐貝爾吧……沒有她，很多……地方會出問題……」

「我終於懂了，為什麼歐貝爾要當偶像。」露恰慢慢地抬起手。

「我不想懂……我現在沒辦法思索任何問題啦。」十五整個人都很不安，像炸毛的貓。

「因為最溫柔、最和善的人類，都聚集在此。」

「……」

「走吧，往前走。」

露恰拉起十五的手，一步一步地走出後臺，站在聚光燈前。

這不是完整的瀕臨絕種團。

但是她們開始建立起瀕臨絕種團精神的第一步。任何人都知道，這裡沒有任何一位觀眾是為了她們而來的，這個場地這個舞臺，也不是為了她們搭建的——

未來會不會有一天，瀕臨絕種團可以擁有自己的粉絲，舉辦自己的演唱會，搭建自己的舞臺呢？

不知道。

但是不往前走，就永遠不知道。

後記

很開心有這個機會可以替瀕臨絕種團創作她們的故事。

對我而言，對任何一個人物來說，最關鍵的地方在背景的成長過程。過去影響了現在，過去的點點滴滴會在現在大放異彩。

於是我堅定要求書寫出十五號、露恰露恰、歐貝爾三人的背景故事，這樣子我們就有機會伴隨他們一起成長，從默默無名的三位少女，再到小眾的地下偶像……最終有一天，讓所有人都認識她們——緊接著，了解臺灣黑熊、石虎、歐亞水獺所面臨的困境。

啞鳴

國家圖書館出版品預行編目資料

瀕臨絕種團 RESCUTE / 啞鳴作. -- 1版. -- [臺北市]：尖端出版：家庭傳媒城邦分公司發行, 2020. 08-
面； 公分
ISBN 978-957-10-9061-0 (上冊：平裝)

863.57　　109008741

浮文字
瀕臨絕種團 RESCUTE(上)

著　　者／啞鳴
發 行 人／黃鎮隆
副　　理／洪琇菁
美術編輯／陳又荻
國際版權／黃令歡
企劃宣傳／邱小祐、劉宜蓉
內頁插畫／飯米糕
副總經理／陳君平
執行編輯／楊國治
文字校對／施亞蒨
內文排版／謝青秀

出　　版／城邦文化事業股份有限公司 尖端出版
台北市中山區民生東路二段一四一號十樓
電話：（〇二）二五〇〇—七六〇〇
傳真：（〇二）二五〇〇—二六八三
E-mail：7novels@mail2.spp.com.tw

發　　行／英屬蓋曼群島商家庭傳媒股份有限公司城邦分公司 尖端出版
台北市中山區民生東路二段一四一號十樓
電話：（〇二）二五〇〇—七六〇〇（代表號）
傳真：（〇二）二五〇〇—一九七九

中彰投以北經銷／楨彥有限公司（含宜花東）
電話：（〇二）八九一九—三三六九
傳真：（〇二）八九一四—五五二四

雲嘉經銷／智豐圖書有限公司 嘉義公司
電話：（〇五）二三三—三八五二
傳真：（〇二）二三三—三八六三
客服專線：〇八〇〇—〇二八—〇二八

南部經銷／智豐圖書有限公司 高雄公司
電話：（〇七）三七三—〇〇七九
傳真：（〇七）三七三—〇〇八七

一代匯集／香港九龍旺角塘尾道六十四號龍駒企業大廈十樓B&D室
電話：（八五二）二七八三—八一〇二
傳真：（八五二）二七八二—一五二九
E-mail：hkcite@biznetvigator.com

新馬經銷／城邦（馬新）出版集團Cite（M）Sdn. Bhd.
E-mail：cite@cite.com.my

法律顧問／王子文律師 元禾法律事務所
台北市羅斯福路三段三十七號十五樓

二〇二〇年八月一版一刷

郵購注意事項：
1.填妥劃撥單資料：帳號：50003021戶名：英屬蓋曼群島商家庭傳媒(股)公司城邦分公司。2.通信欄內註明訂購書名與冊數。3.劃撥金額低於500元，請加附掛號郵資50元。如劃撥日起 10～14日，仍未收到書時，請洽劃撥組。劃撥專線TEL：(03)312-4212 ・ FAX：(03)322-4621。E-mail：marketing@spp.com.tw